中公文庫

血の代償

オッドアイ

渡辺裕之

中央公論新社

目次

登場人物紹介

【警視庁と防衛省中央特務隊の混合捜査チーム“特別強行捜査班”】

朝倉俊暉………………K島の駐在勤務を経て、警視庁捜査一課の
刑事に復帰後、“特別強行捜査局”局長

国松良樹………………元自衛隊中央警務隊所属、三等陸尉

中村篤人………………元自衛隊中央警務隊所属、陸曹長

後藤田昌義…………前自衛隊中央警務隊長

佐野晋平………………元警視庁捜査一課十二係

野口大輔………………元高島平警察署刑事組織犯罪対策課

戸田直樹………………元サイバー犯罪対策課

ヘルマン・ハインズ……海軍犯罪捜査局（NCIS）特別捜査官

血の代償

オッドアイ

フェーズ0：横須賀

横須賀《よこすか》どぶ板通り、午後十時二十分。

迷彩服の白人男性は、酒に酔っているのかよろめいて立ち止まった。

商店街の一角に自動販売機が、建物の壁に埋め込まれるように何台も並べて設置してある。男は肩で息をしながら傍《そば》にある自動販売機にもたれ掛かり、右手で脇腹《わきばら》を押さえながら息を整えた。

横須賀市本町《ほんちょう》、その昔、道の中央に流れていたどぶ川を鉄板で塞《ふさ》いだことからどぶ板通りと呼ばれるようになった。戦前は大日本帝国海軍横須賀鎮守府《ちんじゅふ》、戦後は在日米軍海軍基地の飲屋街として賑《にぎ》わっている。

通りには、日本人の酔客に交じって迷彩服を着た米兵の姿もある。男は顔を上げると、通行人を射るような目付きで見回した。世界中で問題視されている新型コロナの影響で、この街も観光客や米兵の姿はめっきり減っている。

「シット！」

男は鋭く舌打ちすると、何かに引き寄せられるように道を斜めに横切り、路地裏に入った。

十メートルほど先にフードを被《かぶ》った男が、火の消えた煙草《たばこ》を手に立っている。身長は一八〇センチ前後、迷彩服の男を認めると、煙草を捨てて足早に歩き始めた。

「止まれ！」

憤怒《ふんぬ》の表情になった迷彩服の男は建物の壁を伝うように手を突きながらも、フードの男を追う。

路地の突き当たりに、丘の上に通じる長い石段がある。どぶ板通りの南側には緑《みどり》ヶ丘《おか》と呼ばれる小高い丘に閑静《かんせい》な住宅街があった。

フードの男は石段を数段駆け上がると、振り返って手招きをしてみせた。路地の右手は駐車場で、周囲に民家はなく、ひっそりとしている。

「ふざけやがって！」

迷彩服の男はポケットから小型のナイフを出すと右手に握りしめ、フードの男に駆け寄った。だが、フードの男は毅然《きぜん》と立っている。

「死ね！」

迷彩服の男がナイフを突き出す。

「馬鹿なヤンキーだ」

フードの男は迷彩服の男の手首を左手で掴《つか》んで捻《ね》じり上げ、いとも簡単にナイフを奪い取った。

「はっ、放せ！」

腕を捻じ上げられた迷彩服の男は片膝《かたひざ》を突いて喚《わめ》いた。

「死の翼、触れるべし」

フードの男は意味不明な言葉を発すると、奪ったナイフで迷彩服の男の胸を目にも留まらぬ速さで滅多刺しにした。

迷彩服の男は、低い呻《うめ》き声を上げて両膝を突いて口から血を流した。

「アッラーフ・アクバル！」

フードの男は雄叫《おたけ》びを上げると、両手を宙に上げた。

解き放たれた迷彩服の男は顔面から石段に倒れ、大量の血が階段を流れ落ちる。

「やばいぞ！　あいつ！」

二人の若い男が、どぶ板通りから数メートル入ったところでスマートフォンを手に騒いでいる。

「ふん！」

フードの男は鼻先で笑うと、階段を駆け上がって闇《やみ》に消えた。

フェーズ1：横須賀警察署

1

二〇二〇年二月十二日、午後四時四十分、市ケ谷《いちがや》防衛省C棟。

マスクをつけた朝倉俊暉《あさくらしゅんき》は、デスクに向かって書類に目を通していた。捜査報告書、日報、会計報告書など雑多で沢山ある。

机の上には「未処理」「処理済」「差戻」の三つの書類入れがあった。「未処理」から書類を取って内容を確認し、自分の判子を承認印として押して「処理済」に入れ、不備があった書類は、「差戻」に放り込む。朝から会議の合間を見ては作業をしているが、「未処理」の書類は増える一方で一向に減らないのだ。

朝倉は警視庁の警部と陸上自衛隊三等陸佐の二つの身分を同時に併《あわ》せ持つ日本で唯一の存在であり、警察庁と防衛省中央警務隊の混合捜査チーム〝特別強行捜査局〟、通称〝特捜局〟の局長である。基本的には自衛隊と民間が絡む高度な事件の捜査を目的としているが、米軍が関係する事件捜査でも成果を上げている。

また、「特別強行」という名前の通り、捜査では常に銃を携帯し、現場が自衛隊の駐屯地であろうと、許可なく捜査する権限を有している。拳銃は自衛隊で二〇一九年十二月に採用されたばかりのＨ＆Ｋ　ＳＦＰ９を採用した。

自衛隊の現行制式九ミリ拳銃は、金属製でマガジンの装弾数は九発である。だが、ＳＦＰ９はポリマーフレームのため重量が七百十グラムとＰ２２０よりも百二十グラム軽い。また、マガジンは十五発装弾を支給されていた。もっとも、捜査員の古株である佐野晋平《さのしんぺい》は頑《かたく》なに回転式拳銃であるニューナンブＭ６０を使用している。

昨年の五月までは特別強行捜査班の所帯は小さく、警視庁舎に間借りしていた。だが、米国絡みの難事件を解決することで政府の評価が高まり、翌月の六月一日付けで局に昇格したのだ。また、朝倉は局長になったことで一等陸尉から一階級昇格していた。三等陸佐は、諸外国の軍隊で少佐に値する階級である。

職員も今では捜査員だけで二十二人、事務経理で二人、サイバー専門家一人、朝倉も入れて二十六人と以前の倍以上もいる。そのため、手狭になった警視庁舎から防衛省Ｃ棟に移ったのだ。

「ボス、よろしく」

不織布のマスクをつけた丸顔の男が、脇に挟んでいた書類を「未処理」の書類入れに入れた。中村篤人《なかむらあつと》、元防衛省中央警務隊の捜査官で階級は曹長である。朝倉をボスと呼ぶのは、この男だけだ。海外の刑事ドラマの真似《まね》をしているのだろう。ちなみに局内に限らず、防衛省の敷地内ではマスク着用が義務付けられている。

〝特捜局〟には捜査警課、捜査防課と二つの捜査チームがある。警課は元警視庁一課から引き抜いたベテラン刑事佐野を長とする十一人の元警察官の捜査員で構成されている。防課は元中央警務隊の国松良樹《くにまつよしき》三等陸尉が、彼の直属の部下であった中村をはじめ優秀な十人の元警務官を率いている。彼も課長になったことで、准尉《じゅんい》から昇格していた。警察では扱えない防衛省絡みの事件、あるいは警務隊が扱えない民間の事件に同時に対処する特殊な捜査機関であるが、便宜上捜査員を警察出身者と防衛省警務隊出身者の二つのチームに分けてあるのだ。

二つの課は、色合いも違うがコミュニケーションを取ることで捜査能力に不均等が起きないようにしている。また、朝倉は事件によって、警課、防課に関係なく捜査員を厳選していた。

「中村、ちょっと待て」

書類を見た朝倉は、右眉を吊《つ》り上げた。

「そっ、そんな、おっかない顔をして。書類に不備がありましたか？」

振り返った中村は慌てて朝倉のデスクの前に立った。

朝倉はオッドアイ（虹彩異色症）という左右の目の色が違う異相の強面《こわもて》である。陸自最強の特殊部隊特殊作戦群の隊員であった十数年前、演習中の事故で頭部を負傷し、後遺症で眼球中のメラニン色素が減少しオッドアイとなった。中村は付き合いが長いはずだが、未《いま》だに朝倉の形相を恐れているらしい。

「書類に不備はない。だが、余分な情報が含まれていた」

朝倉は書類と一緒に綴じてあったＡ４サイズのチラシをデスクの上に載せた。釣り具であるリールの広告だ。特捜局で朝倉と国松と中村の三人は、「釣りバカ三銃士」と呼ばれるほどの釣り好きだが、中村は群を抜く好き者である。

「あっ、それは」

中村が手を伸ばして来た。

「これは、なんだ？」

チラシを右手で引っ込めた朝倉は、中村を睨《にら》みつけた。

「それは、しっ、資料です。ボスにお渡ししようと思っていたんですよ」

中村は直立した姿勢で答えた。見た目はだらけていても、現役自衛官である。防課の捜査員は全員、自衛官としての階級を残した状態で、〝特捜局〟に転属した。

一方、警課の捜査員は、警視庁から警察庁に異動して国家公務員になった上で、警察庁から出向している。警視庁職員は地方公務員のため、国家公務員である自衛官と職種を合わせるための苦肉の策を上層部が考え出したのだ。

「何が資料だ。俺をおまえのような釣りバカだと思っているのか？」

朝倉はチラシを見て苦笑した。最初から朝倉に渡すつもりなら、呼び止めた時にうろたえるはずがない。中村は自分のためのものではないと、言い訳をしているのだろう。

「ダイワのソルティガ・エクスペディションの８０００が、今なら十五％引きなんですよ。限定とは、書いてありますが」

中村は声を潜《ひそ》めて言った。マグロなどの大物を狙《ねら》う大型のリールである。

「何！」

朝倉は頬《ほお》をピクリとさせた。改めて見るとメーカーではなく釣具店が出しているチラシで、全製品が五％から十五％引きと書いてある。８０００は定価が十八万もする高額リールのため、朝倉には手が出せない高嶺《たかね》の花であった。

「でしょう。特売日は明日の午後五時から八時の間ですよ」

中村は身を乗り出し、朝倉の耳元で囁《ささや》くように言った。就業時間は事件がなければ、五時半までだ。早引けしてもいいかと言いたいのだろう。

〝特捜局〟は手狭になったために昨年暮れに百二十平米ある大部屋に引越しした。デスクは防課と警課に分かれており、朝倉の局長席の近くには課長である国松と佐野のデスクがある。佐野は所用で出かけているが、デスクワークをしている国松は苦笑しながら二人のやり取りを見ていた。

「馬鹿野郎。危うくおまえの言い訳話に引っ掛かるところだった。勤務中だ。しっかり、働け」

　朝倉はふんと鼻息を漏らして中村にチラシを返すと席を立ち、背後にあるブラインドを開けて窓の外を見た。

　事務仕事で疲れた右目を擦《こす》った。左目は視力がほとんどないので、疲れることはないのだ。雲が大きく垂れ下がっている。

「明日は、雨が降りそうですよ」

　布のマスクをつけた国松が、隣りに立ち呟《つぶや》くように言った。

　警課も防課も現在は、大きな事件を抱えていない。特殊な捜査機関だけにいつも事件に対処しているわけではないからだ。それでも、全国の警察や警務隊から依頼があるため、ほとんどの職員は出張している。事前に書類で審査はするが実際に捜査員が現場に赴き、〝特捜局〟が扱う事件かどうか調べるのだ。

　大部屋に残っているのは、朝倉を除いて警課で三人、防課で二人、事務の二人とＩＴ課のサイバー捜査員である戸田直樹《とだなおき》だけである。

「この建物は、居心地が良すぎるんだ。雪が降っていることさえ気が付かないこともある」

朝倉は小さな溜息《ためいき》を漏らした。

「今時の建物はどこもそうだよ。現場に出られないのが辛《つら》いんだろう？」

国松が小声で尋ねて来た。彼は年上で部下と言うより、友人と言った方がふさわしい存在である。

「俺は判子を押す係じゃないんだ。降格しても構わないから現場に戻して欲しいよ」

今度は大きな溜息を吐《つ》いた。

「君が現場主義ということは、誰でも知っている。デスクに張り付いている君を見るのを私だけじゃなく、佐野さんも同情していたよ」

国松が窓の外を見ながら言った。

「他人《ひと》に弱みを見せるようじゃ、指揮官失格だな」

朝倉は首を横に振った。

「今の君は、飼い殺しだ。周りも充分、分かっているさ。私にいい考えがあるのだ」

国松が朝倉に耳打ちした。

「そんなことができるのか。任せるよ」

話を聞いた朝倉は破顔した。

2

米海軍横須賀基地、ＮＣＩＳ（海軍犯罪捜査局）極東本部、午後六時。

ＮＣＩＳ総本部はクワンティコ米海兵隊基地にあるが、米国内を含む世界中にある米海軍基地、海兵隊基地に支局があり、米海軍空母にも職員は常駐している。中でも、横須賀支局は、日本だけでなく韓国の米軍基地の支局も統括する極東本部となっていた。それだけに特別捜査官だけでなく、鑑識のプロも常駐している。

特別捜査官のブルックス・オコナーは自分のデスクで死体の解剖写真を見つめていた。昨日の夜、横須賀のどぶ板通り近くの路地裏で殺害された米兵マイルズ・バルデスの死体写真である。五時間前に、基地内の海軍病院で行われた検死解剖に立ち会った部下が撮影したものだ。

「チーフ」

背の高い黒人男性がオコナーのデスクの前に立った。ラフなジャケットを着ており、ズボンのベルトにＮＣＩＳのバッジを挿している。外出先から帰ってから外すのを忘れているのだろう。八十平米ほどの部屋に捜査官はオコナーを入れて七人、パーテーションもないため、部下の行動はよくわかるのだ。

「成果はあったか？　ウィリー」

オコナーは写真を見つめたまま部下のウィリー・ヘルズリーに尋《たず》ねた。

「ゲートの監視カメラで、バルデスは一人で外出したことが分かりました。同僚や基地関係者への聞き込みも終えましたが、彼がなぜ一人で基地の外に出たのかは誰も知らないようです。もっとも、どぶ板ストリートで殺されたのなら、飲みに行ったことは間違いないでしょう。あのエリアの監視カメラの映像を、県警に早く提出させるべきです」

ウィリーは右の人差し指でこめかみを掻《か》きながら報告した。

「分かっている」

オコナーは腕組みをして首をぐるりと回した。

これまでＮＣＩＳ極東本部と神奈川県警の薬物銃器対策課は、米兵の薬物犯罪捜査で長年協力関係を保っている。麻薬は、海外から小包で密輸されるか地元の売人を通じて基地内に持ち込まれるため、県警の協力なしでは事件を解決することはできないからだ。

ＮＣＩＳの特別捜査官は連邦捜査官で、その捜査権は国内だけでなく世界中の米軍が関係する施設にまで及ぶが、その人員はたったの二千五百人に過ぎない。他の捜査機関の協力なしでは捜査は成り立たないのだ。

だが、米兵が基地外で起こす事件で県警とうまくやっているかと言えば、それは必ずしもイエスとは言い難《がた》い。なぜなら日米地位協定があるからだ。米国は他国での米国人の権利を守るため様々な国と地位協定を結んでおり、それが甚《はなは》だ不利益な状態だと日本は主張している。

日本と同じく第二次世界大戦の敗戦国であるドイツとイタリアでは自国内の米国大使館の土地以外の管理権を認めていない。そのため、米軍基地内での違法行為捜査や危険な場所への立ち入りは、ドイツとイタリアでは米国の許可はいらない。一方で日本では米軍基地内も大使館と同じ扱いになるため、基地内で危険な廃棄物や毒ガスが漏れたとしても、日本は調べることもできないのだ。

また、犯罪を犯した米兵が日本で裁判を受けるべき被疑者であっても、米国が先に身柄を拘束した場合は、検察庁により起訴されるまで身柄の引き渡しはされないなど、不平等と言われる事項は様々ある。日本人は米国の植民地主義の表れだと言うが、米国は日本の裁判制度に不備があり、先進的な法治国家ではないと見ているのだ。

「チーフから県警の星野《ほしの》警部に直接頼んでくださいよ」

ウィリーは苛立《いらだ》ち気味に言った。

「分かっている、と言ったはずだ」

顔をしかめたオコナーは、デスクの電話機に手をかけた。

「すみません、チーフ。星野警部はもう来ています。それをお知らせしようと思って来たのですよ」

ウィリーは頭を掻きながら苦笑した。

「それを早く言いたまえ。面会室か？」

「そうです。私もご一緒しますか？」

「一人で充分だ」

立ち上がったオコナーは、ウィリーを押しのけるように部屋から出て行った。階段を下りて廊下の突き当たりの右手のガラスドアを開けると、椅子《いす》に座っていた初老の男が立ち上がって丁寧《ていねい》に頭を下げた。県警の星野武雄《たけお》警部である。

「何か進展はないかと、立ち寄ってみました」

星野は、首の後ろを軽く叩《たた》きながら少し訛《なま》りのある英語で言った。

米軍基地には民間人が許可なしで入ることはできない。通常は基地内の知人に連絡し、エスコートしてもらう形で入場する。星野は英語が話せるため、ＮＣＩＳ極東本部と神奈川県警の交渉係、いわばパイプ役なのだ。そのため、一人で基地に入場できる特別な許可証を持っていた。とは言え、ゲートで誰に面会するか答える必要があるので、彼は適当に名前を告げたのだろう。

「良い時にいらっしゃいました。事件現場周辺の監視カメラの映像をお借りしたいとお願いしていましたが、その件を伺《うかが》おうと思っていたところです」

オコナーは星野と軽い握手を交わすと彼に椅子を勧《すす》め、自分はその向かいに座った。

「ああ、監視カメラの件ですか、もちろん県警で総力を挙げて進めていますよ。もうしばらくお待ちください」

星野はまるで初めて聞いたかのようにのんびりと答えた。彼はいつもこちらが苛立つほどのらりくらりと答える。

「いつごろになりますか？」

オコナーは落ち着いた声で尋ねた。星野の挑発するような態度に、いちいち腹を立てても仕方ないのである。

「明日か明後日《あさって》か、と言うところでしょうか。ところで検死解剖はされたと思うのですが、何か分かったことはありますか？」

星野は笑みを浮かべて答えた。日本人特有の意味もない笑顔は、米国人には苛立ちを覚えるばかりで、理解できない。

「検死？　少々お待ちください」

オコナーは頷《うなず》くと面会室を出て自分のデスクに戻った。星野の魂胆が分かった。彼は検死結果が知りたかったのだ。バルデスの死体は、ＮＣＩＳと海軍の保安部隊が到着するまで地元警察が現場一帯を封鎖し、保全していた。もし日本人の死体も一緒にあれば話は別だが、死体が米兵と分かった時点で捜査権は米軍側にあるためだ。

彼らは死体周辺に規制線のキープアウトのテープを張り巡らした後は現場に立ち入るこ

とができない。地位協定で決められたことであるが、日本の警察はそれを酷《ひど》く嫌う。星野は手伝って欲しければ誠意を見せろと言いたいのだろう。直接言葉に表さないところが日本人特有の行動パターンなのだ。オコナーは極東本部に配属になって二年経《た》つが、未だに日本人の慣習に慣れない。

「これが検死解剖した死体の写真です」

オコナーは面会室に戻ると、五枚の写真を星野に渡した。

「滅多刺しですな。犯人は被害者によほどの恨みを持っているのか、あるいは異常者なのかもしれませんね」

星野は何度も頷きながら言った。

「私もそう思います。ただ凶器は被害者の所持品で指紋も被害者以外の物は検出されていません。また、犯人に通じるような遺留品も見つかっていない。今のところ手掛かりはないんですよ」

オコナーは肩を竦《すく》めてみせた。

「遺体を拝見するわけにはいきませんか？」

星野はオコナーの顔を窺《うかが》うように尋ねてきた。

「遺体は葬儀のため、本国に送った」

オコナーは怒鳴《どな》りたい衝動を抑え、口調を荒らげた。

「そうですか。そうですよね。写真はいただいてもよろしいですか？」

星野は小さな溜息をついて尋ねてきた。

「待ってくれ……これを」

オコナーは星野から奪い取るように写真を取り上げると、そのうちの一枚を星野に渡した。

「ありがとうございます。お邪魔しました」

星野は取って付けたような笑顔で写真を受け取った。

3

朝倉は左手首の振動で目覚めた。

スマートウォッチの目覚まし時計が、午前五時半を知らせている。

「……？」

鼻をひくつかせた朝倉は、ベッドから半身を起こした。焼き魚の香ばしい匂いが、鼻腔《びこう》を刺激するのだ。

朝倉は首と両肩を回して強張《こわば》った筋肉をほぐしながらベッドから降りると、寝室を出てリビングダイニングに入った。1LDK、寝室は十畳、リビングダイニングは十四畳、それに四畳半のキッチンが付いている。二人で住むには充分な広さである。

「おはよう」

キッチンに立っている妻の幸恵《さちえ》が、笑顔を向けた。

「早いね。出張だっけ？」

朝倉はリビングのドア近くに置いてあるスーツケースを見て言った。

幸恵は新宿に本社がある大手旅行代理店に勤務している。一昨年、退職していたが、彼女は優秀なプランナーのため昨秋に再雇用されていた。昨年の四月に籍を入れたのだが、朝倉は多忙で家を空けることが多かった。そのため、お互い忙しくすれ違いにはなるが、彼女も仕事をしていた方が夫婦円満だということになったのだ。

「急にパリ行きが決まったの」

幸恵は上目遣いで答えた。彼女は昨夜遅く国内の出張先から帰っていたが、朝倉とは会話していないのだ。

「大丈夫なのか、今時海外に行って？　世界中でコロナが流行《はや》っているんだぞ」

知り合いで傭兵《ようへい》を生業《なりわい》としている藤堂浩志《とうどうこうじ》から、武漢《ぶかん》の中国科学院武漢病毒研究所でコロナウイルスの研究がされていたと聞いている。コロナウイルスが武漢から広まったことは周知の事実である。何かの手違いで研究所からウイルスが漏れた可能性もあるだろう。日本でも二月三日に横浜港に到着した豪華クルーズ船〝ダイヤモンド・プリンセス〟で新型コロナが発生し、乗客の下船を許さずに検疫官が乗り込む〝臨船検疫〟で対応している。

今はまだそれほど騒がれていないが、これまで通りに生活するのは難しくなるかもしれない。

「コロナウイルスの風評被害を心配して、先手を取るべきだと重役会で決まったの。パリで現地の旅行会社と打ち合わせをして、春先の旅行企画を立ち上げるのが使命よ」

幸恵は肩を竦めると、トレーをキッチンのカウンターに載せた。彼女は英語だけでなく、フランス語も堪能《たんのう》である。会社はよほど彼女を頼りにしているらしい。

「君に白羽の矢が立ったということか。また昇進しそうだね」

苦笑した朝倉は、カウンターのトレーの上から焼き魚の皿とご飯茶碗、それにサラダと味噌汁《みそしる》の椀を取り、すぐ下のテーブルに置いた。一人分である。彼女はすぐに出掛けるようだ。羽田《はねだ》空港に行くのだろう。

「そういうこと。でも忙しいばかりだから、昇進はどうでもいいわ」

幸恵はキッチンから出てくると小さな溜息を漏らし、スーツケースを手に玄関で靴を履いた。

「気を付けて」

朝倉も見送りに玄関に立った。

「あなたもね」

幸恵は背伸びをして朝倉の頬にキスをすると、部屋を出て行く。

食卓に戻った朝倉は箸《はし》を取り、味噌汁を啜《すす》った。わかめと豆腐の味噌汁だが、八丁味噌を小さじ一杯程度混ぜてある。幸恵が彼女の母から学んだ作り方で、不思議と味に深みが出る。

「うまい！」

焼き魚を食べた朝倉は思わず、舌鼓《したつづみ》を打った。鮭《さけ》の西京漬である。釣り好きの朝倉だけでなく、伊豆《いず》諸島出身の幸恵も魚にはうるさい。出会いは朝倉が彼女の住むK島に駐在警察官として派遣されたことからはじまる。自然が豊かな島で、海の幸に恵まれていた。仕事半分で釣り三昧《ざんまい》の生活を送っていたころが懐かしい。

食事を終えた朝倉は、一時間ほどリビングの片隅でダンベルを使ったウェイトトレーニングをする。一時間でしっかりと汗をかくことが重要なのだ。

トレーニング後にシャワーを浴びてスポーツウェアに着替え、スーツや革靴をバックパックに入れた。毎日ではないが、基本的に庁舎までの往復はジョギングで通っている。結婚直後は市谷《いちがや》左内町《さないちょう》に住んでいたが、手狭だったので新宿区の喜久井町《きくいちょう》のマンションに引越していた。近道を通れば、防衛省まで二キロほどの距離なのでいつも遠回りをして八キロほど走る。

マンションのエントランスで骨伝導イヤホンを掛けた。音楽を聴くのではなく、いつでも電話を受けられるようにするためだ。

雨が降っているのでレインパーカーを着た。小雨だが、土砂降りだろうと走る。マンションの前の道を西に進んで夏目坂《なつめざか》に出ると防衛省に向かうのではなく、反対方向に走り出す。夏目坂を下って早稲田《わせだ》通りを左に曲がった。かなり大回りになるが、小滝橋《おたきばし》通りまで出て距離を稼ぐのだ。

左腕のスマートウォッチが電子音を上げた。小さな画面を見ると、電話の着信を知らせていた。

「俺だ」

イヤホンの通話ボタンを押して電話に出た。時刻は七時二十分になっている。

――おはようございます。中村です。

「早いな。どうした？」

朝倉は走りながら尋ねた。

――お客様が、間もなく見えます。出社は何時ごろになりますか？

中村が出社と言ったのは、警察と同じで特捜局のことを隠語で本店や本社と呼ぶからである。

「客？　誰だ？」

——神奈川県警の星野武雄警部です。ボスにご相談があるそうです。

「分かった。十分以内に到着する」

朝倉は踵《きびす》を返すと、夏目坂を上った。

4

午前八時、市ヶ谷防衛省C棟。

スーツに着替えた朝倉は〝特別強行捜査局〟の部屋を出て、同じフロアにある小会議室に入った。

二十平米ほどの部屋の中央にあるテーブルを挟んで、中村と初老の男が椅子に座っている。電話連絡で聞いた県警の星野だろう。外部の人間は庁舎を勝手に歩き回ることはできないため、中村に案内させたのだ。

「朝倉です。よろしく」

朝倉は自分の顔を見て唖然《あぜん》としている星野に近寄り、右手を差し出した。オッドアイの異相に驚いているようだが、よくあることである。

「星野さん、局長の朝倉です」

見かねた中村が、星野に声を掛けた。

「あっ、星野、星野武雄です」

慌てて立ち上がった星野は、朝倉の手をとって握手した。

「お掛けください。お話を伺いましょう」

朝倉は星野に椅子を勧め、対面に座った。

「ご存じかと思いますが、一昨日の夜に横須賀の本町商店街、通称どぶ板通り付近で起きた米兵殺害事件の件で相談に参りました」

星野は腰を下ろすと、咀嚼《そしゃく》するようにゆっくりと丁寧に話し始めた。几帳面《きちょうめん》か、人見知りかのどちらかだろう。

「海兵隊員が、胸部を複数ヶ所刺され、死亡したという事件ですね。管轄はＮＣＩＳと聞いていますよ」

自衛隊絡みだけでなく、米軍絡みの事件事故情報も特捜局には集まってくる。当然横須賀の事件も朝倉は知っていた。

「被害者が米兵のため、ＮＣＩＳが捜査をし、県警は彼らに協力する形をとります。他県でも米軍関係の事件はそうするのでしょう。しかし、今回は殺人事件であり、犯人は野放しの状態です。犯人はたまたま米兵を狙った可能性もあります。とすれば、次の被害者は日本人かも知れません。そう考えると、ただ、蚊帳《かや》の外から手伝っているだけでは、市民の命は守れないんです」

星野は語気を強め、床に置いてあったショルダーバッグから数枚の写真を出してテーブルの上に置いた。現場写真である。おそらくＮＣＩＳの捜査陣が到着する前に現場を保全していた警察官にスマートフォンで撮らせたのだろう。鑑識のプロが撮った写真とは言い難い代物だ。

「以前沖縄でも米兵が殺害される連続殺人事件がありました。むろん捜査はＮＣＩＳが行いましたが、日本人の被害者が出てはじめて沖縄県警も関わることが許されました。しかしながら、それでも限定的でした」

写真を見ながら朝倉は、簡単に話した。沖縄県警から依頼があり、特別捜査班は捜査に加わった。だが、ＮＣＩＳは朝倉のみ捜査に加わることを許可し、県警の協力を拒んだ。今回もＮＣＩＳは県警に対して非協力的になる可能性があるため、詳細は話さなかった。落胆させるだけだからだ。

また、朝倉の個人的なパイプではあるが、ＮＣＩＳ総本部の副局長に知り合いがいる。ヘルマン・ハインズという男で、以前は極東本部で働いていた。自衛官を惨殺する事件が連続し、警視庁一課の刑事だった朝倉は、捜査の過程でハインズと出会った。というのも、犯人が米兵だったからだ。

下手《へた》にＮＣＩＳの幹部と知り合いだなどといえば期待するかもしれないが、反面米国側の人間と思われる危険性もある。そのため、手の内を見せるようなことはしない。

「あまり、期待してはだめということですね」

星野は浮かない顔で首を振った。

「米軍絡みの事件は、扱いにくい。米軍交渉係のあなたが一番ご存じのはずですよね」

朝倉は淡々と言った。

「私が米軍交渉係と、どうして、分かりましたか？」

星野は目を大きく見開いた。

「沖縄県警も米軍に対処する専属の課はありませんでしたが、英会話が堪能な捜査員が交渉係でした。この手の事件で一番苦労されるのは、交渉係です。米軍と警察の板挟みになる。かつての私がそうでしたから」

朝倉は小さく頷いた。

「朝倉局長、是非《ぜひ》ともあなたのお力をお借りできませんか？」

星野は深々と頭を下げると、ショルダーバッグから別の写真を出した。検死解剖される前と思われる全裸の死体の写真である。ＮＣＩＳから提供されたのだろう。

「ＮＣＩＳが、よくくれましたね」

朝倉は星野の言葉を無視して写真を見た。返事をするのは簡単なことだが、米軍絡みだけに安請け合いはできないのだ。

「被害者はマイルズ・バルデス、海兵隊上級曹長、三十九歳、ＮＣＩＳから得られた事件に関する資料は、この写真たった一枚だけです」

星野は小さな溜息を漏らした。ＮＣＩＳは最低限の情報を彼に渡し、体《てい》よくあしらったのだろう。星野が落胆し、特捜局に頼って来たのも理解できる。

「それから、現場にはこんな物が」

朝倉が黙っていると、星野はジャケットのポケットから証拠品を入れるビニール袋を出して目の前に置いた。

「まさかとは思いますが、ＮＣＩＳが現場に入る前に回収したんですか？」

袋を手にした朝倉は、訝《いぶか》しげに星野を見た。袋の中身は、煙草の吸殻である。フィルターがないので、両切りの煙草のようだ。しかも、長さが違う四本の線が描かれている。一番長い線も三ミリ程度で印刷されたものではなく、細書きのペンで描かれたようだ。

「現場を保全していた警察官が、たまたま拾ったようです」

星野は平然と言った。現場を保全している警察官が、犯人の遺留品かもしれない物を勝手に持ち去るとは思えない。おそらく、星野が指示したのか、彼自身が拾ったのだろう。ＮＣＩＳが単独で捜査できないように先手を打ったに違いない。明らかに捜査妨害である。だが、いまさらＮＣＩＳに渡すようなことはできない。関係を悪化させるだけだ。

「これをどうするつもりですか？」

左眉を吊り上げた。瞬間、シルバーの左目が怪しげな光を帯びる。

「さっ、差し上げます。その代わり、科捜研で調べてもらえませんか？」

両眼を見開いた星野は、仰《の》け反《ぞ》った。朝倉の形相が変わったので驚いたようだ。

「……協力しましょう」

朝倉は、渋々答えた。

5

午前十時四十分、黒のトヨタ・クラウンの助手席に朝倉は乗っていた。

車は本町山中有料道路を下っている。道の両側は金網のフェンスになっており、雨雲が低く垂れ下がっているものの横須賀の街を遠望できた。

「おっ」

助手席側の景色に朝倉は、息を漏らした。横須賀港が見えたと思ったら、左の丘の切れ目から巨大な護衛艦が姿を現したのだ。

「いずも型護衛艦ですよ。大きいでしょう。米軍の空母に比べたらおもちゃみたいですけどね。港の南側は海上自衛隊の基地になっています。巨大な街を有する米軍基地に比べたら、自衛隊の基地は猫の額《ひたい》ほどの広さしかありませんが」

ハンドルを握る星野が鼻先で笑った。彼は米軍交渉係だけに米軍との間で嫌な思いも随分経験してきたのだろう。

星野の要請を受けた朝倉は、その場で捜査協力を約束した。しかも、警課か防課から捜査員を選ぶべきところ自ら動いている。ＮＣＩＳが主導権を有する事件のため、彼らと対等に話を進めることが出来るのは朝倉だけだからだ。

また、星野の車に乗っているのは、腰を上げた以上早く動きたいということもあるが、部下に車の世話になりたくないからだ。

「米軍の横須賀基地には、何度か行かれたことはあるんでしょう？」

朝倉は会話を進めるために、それとなく尋ねた。星野は無口な男で、これまで会話らしい会話はしていない。だが、地元に帰ってきたせいか、彼の口調が軽くなった気がする。一緒に捜査をするのなら、コミュニケーションが必要である。朝倉も口は重い方だが、それでも捜査前の会話は大事なのだ。

「ええ、何度もありますよ。役目柄、交渉係として米軍から特別入場許可証をもらっています。面会人の名前をゲートで告げれば、ＮＣＩＳの極東本部と商業エリアには自由に出入りできます。ただし、事前に連絡を入れておかないと、門前払いを食らうときもあります」

星野はなぜか首を振った。彼は交渉係という役目を渋々引き受けているのかもしれない。

車は本町山中有料道路から県道２８号を経て、１６号、東京環状道路の片側四車線もある広い通りに出た。

「悪いが、署に行く前に現場に寄ってくれないか」

朝倉は助手席のウィンドウを下げて言った。潮の香りがするかと思ったが、雨が降っているせいか感じられない。Ｋ島で三年ほど働いたせいで、東京に帰ってからも潮風に当たりたくなることがあるのだ。

「了解です」

星野は頷くと、緑ヶ丘下交差点で右折した。

横須賀警察署に行って、署長に挨拶《あいさつ》することになっていた。だが、よこすか海岸通り沿いにある警察署は、現場であるどぶ板通りを通り過ぎることになる。時間の無駄を省《はぶ》きたいのだ。

星野はブロックが敷き詰めてある道路に入ると、次の交差点手前の車止めぎりぎりに車を停《と》めた。

「ここは駐車違反がうるさいんですよ」

苦笑を浮かべた星野は車を降り、後部座席に置いてあった赤色回転灯を出して車のルーフに載せた。覆面パトカーだと示せば、通報する市民はいないだろう。

朝倉も車を降りると交差点まで歩き、通りを見回した。星野に付き合うにあたって、局には出張と届けてある。特に着替えなどは準備していない。横須賀は近いので一旦自宅に戻ることもできるからだ。ただ、外出する際はＨ＆Ｋ ＳＦＰ９を左脇下のガンホルダーに納めている。

車を停めた道路と交差する路地がどぶ板通りである。名前の印象とは違い、趣《おもむき》があるデザインの街灯に洒落《しゃれ》たグレーのブロックが敷き詰められたきれいな通りだ。

「目撃者によれば、被害者は酔っ払っているのか、足元がおぼつかない様子で歩いていたようです」

星野はどぶ板通りの奥を指差した。

「聞き込みはしたんですね」

殺人事件の聞き込みは初動班が行う場合もあるが、通常捜査本部を立ち上げてからする。

「通報してきた目撃者に事情を聞いただけです。本格的に行うには、最終的に署長の許可がいりますから」

星野はどぶ板通りを左に曲がった。時間が早いせいか米兵の姿はない。

「後でこの通りの防犯カメラの映像を見せてもらえますか？」

朝倉は街灯に取り付けてある防犯カメラを見て言った。目撃者の証言も大事だが、防犯カメラの映像は客観的に見ることができるため、捜査では有力な情報となる。

「それが、不思議なことに事件当日は映像が乱れており、肝心な被害者が殺害される前後の時間帯は映っていないんです」

　星野が渋い表情で答えた。

「ハッキングされて、映像が消されていたんですか？」

　朝倉は首を捻《ひね》った。近年、防犯カメラや監視カメラの映像を収録してあるサーバーにハッキングされるケースも報告されている。

「それが、完全に消えたわけじゃなく、画像が乱れてよく映っていないんですよ。電波状況が悪かったんです」

　星野は頭を掻いて近くにある防犯カメラを見上げた。

「原因を調べたいので映像のコピーをいただけますか？」

「もちろんです」

　星野は小首を傾《かし》げてから頷いた。県警ではすでに使い物にならないと判断しているようだ。朝倉も期待はしていないが、科捜研に出せば何か分かるかもしれない。それに、特捜局には戸田直樹という優秀なＩＴ専門家がいる。彼はハッカーとしての技術も持ち合わせており、映像がデジタルなら何か見つけ出すかもしれない。

「現場は、この通りの突き当たりです」

　星野は1ブロック先の右手にある狭い路地の前で立ち止まった。突き当たりに石の長い階段がある狭い通りだ。

　小さく頷いた朝倉は、左手にある壁がブルーに塗られた建物に沿って路地に足を踏み入れる。

「吸殻が落ちていたのは、ここです」

路地に入ってきた星野は、指先で左側のブルーの壁の下を示した。路地の出入口から四メートルほど入った壁の下に、小さな×印がチョークで書かれている。

「鑑識は入れましたか？」

朝倉は自分のスマートフォンで周囲の写真を撮りながら尋ねた。捜査に使うメモ帳はいつも携帯しているが、簡単な記録はスマートフォンで映像を残すのが便利である。

「現場はＮＣＩＳが鑑識作業をしたので、我々が作業できたのは煙草の吸殻が落ちていた周辺だけです。被害者以外の指紋は発見されませんでした。被害者は石段にうつ伏せに倒れていました。目撃者の証言では、犯人はフードを被っていたので顔はよく分からなかったそうです。また、目撃者がスマートフォンで写真を撮ろうとすると、階段を駆け上がって行ったと証言しています」

星野は淡々と答えた。目撃者は二人の日本人の若者だったそうだ。

「なるほど」

朝倉は右手にある駐車場の前を通り過ぎて突き当たりの石の階段の前で立ち止まると、ポケットから五枚の現場写真を取り出した。現場を保全していた警察官が撮影した写真である。

被害者は複数回刺された後で、顔面から倒れ込んだらしい。ＮＣＩＳから貰《もら》った被害者の写真で鼻が潰れていたのは、石段に顔をぶつけたためのようだ。

「凶器は被害者の物で、指紋も被害者の物だけ検出されたようです」

ＮＣＩＳからは口頭で知らされたと聞いている。日本で起きた事件だが、捜査協力をしているのは日本の警察というおかしな事態のため仕方がない。

「この階段は、どこに繋《つな》がっている？」

朝倉は薄暗い階段を見上げて尋ねた。突き当たりの石段は、行き先が見えないため袋小路と同じである。殺人現場としては薄暗い裏通りは適しているが、袋小路は犯人からは嫌われるものだ。

「丘の上に小さな広場があり、幼稚園があります。広場の反対側にも階段があり、緑ヶ丘下交差点に出られる道路に通じています」

「複数回刺しているから、怨恨《えんこん》という線も考えられる。犯人の指紋が検出されないということは手袋をしていたのだろう。被害者である米兵の凶器を奪って殺害するのなら犯人はプロかもしれない。だが、この場所で犯行に及ぶということは、土地勘のあるやつか、あらかじめ充分な下調べをした上での犯行だろう。手口は衝動的で感情的な犯行にみえるのが、どうも解せない」

朝倉は事件現場の周囲を見廻しながら首を捻った。殺人現場には、警視庁時代から何度も臨場したことがある。たいていの事件は、ベテラン刑事が見れば怨恨、金目当て、行きずりなど殺害方法や現場の状況で犯人像はおおよそ分かるものだ。だが、この事件に関してはどこか違和感を覚える。だからこそ、星野は頼ってきたのだろう。

「そうなんです。怨恨で追うと捜査を誤る気がします」

星野は何度も頷いて見せた。

「この事件は、普通じゃないな」

朝倉は、腕を組んで階段を見上げた。

6

午前十一時三十分、朝倉は横須賀警察署の署長室の椅子に座っていた。

犯人の逃走経路を調べるべく、どぶ板通りの事件現場から移動し、石段を上って丘の上にある広場も見てきた。

子供の遊具がある小さな広場ではあるが、明治天皇が横須賀造船所の巡覧のために行幸された記念碑が建てられていた。明治期に三回も海軍兵学校教師館に宿泊されたことを記念し、昭和十八年に建立されたそうだ。明治天皇の碑は日本各地にあり、その足跡を歴史上で知るのであれば価値ある記念碑だが、観光スポットというわけではない。犯人はこの広場の反対側にも階段があることを知っていた上で、逃走経路として使ったのだろう。

朝倉が署長の執務机の前に座って十分経過している。署長は、会議中だったらしい。待たされるのは嫌だが、署長室に案内されたことから邪険にされたわけではなさそうだ。

ドアが開いたので、朝倉は立ち上がった。

「お待たせしました」

制服姿の中年男性と私服の警察官が入ってきた。顔に比べて妙に小さい布マスクをしている。

「特別強行捜査局の朝倉です」

朝倉は敬礼した。

「署長の宇野《うの》です。よろしく。彼は刑事第一課の課長の田端辰巳《たばたたつみ》です。わざわざ局長であるあなたにご足労願ったそうで、恐縮しております」

宇野と田端は朝倉の顔を見ても驚くことはなく、深々と頭を下げた。星野から朝倉のオッドアイのことは聞いていたのだろう。丁寧に挨拶するところを見ると「恐縮」という言葉は本心のようだ。

「星野さんは、署長の許可を得ていたのではなかったのですか？」

朝倉は右頬をぴくりとさせた。

「事前には聞いておりませんでしたが、さきほど直接星野から報告を受けました。ご相談に上がったところ、まさか局長のあなたがいらっしゃるとは彼も考えていなかったようです。まあ、お掛けください」

宇野は笑顔で答えた。なかなか出来た人物のようだ。一緒にいたため、星野は朝倉の前では報告することができなかったのだろう。

「ありがとうございます」

朝倉は宇野が自分の椅子に座るのを待って腰を下ろした。田端は宇野の傍らで立っている。座るつもりはないらしい。

「特捜局のことは、以前から聞いていました。しかし、日米地位協定がある限り、米国に対する我々の立場は変わりません。失礼ですが、特捜局の協力を得られたとしても、米兵殺人事件で、我々が捜査権を得られるとは思えませんが」

宇野は笑顔を消して言った。田端は前で手を組んで、宇野の言葉に一々頷いている。彼らは特捜局との捜査を悲観しているようだ。

「地位協定は、日本にとって不平等ではあります。日本だけでなく米国の立場をも縛り、お互いに身動きがとりづらくなっていることも事実です。しかし、真犯人を捕まえたいと思っているのは、我々だけじゃありません。米国の捜査官も切望しているはずです」

朝倉は事実を認めた上で、話した。

「それは理想論じゃないですか？」

宇野は訝しげな目を向けてきた。沖縄県警でも同じようなことを言われたことがある。米軍が関わる事件で何度も煮湯《にえゆ》を飲まされたのだろう。

「捜査というのは、信頼関係があり、互いに尊重しあってこそ成り立つものです。違いますか？」

朝倉はあえて質問で返した。

「ごもっともです」

宇野は小さく息を吐き出した。溜息だったのだろうか。朝倉の生真面目《きまじめ》な言葉に呆《あき》れているのかもしれない。

「我々法の執行者は、真実を求め続けなければなりません。それを理想主義と言うのなら、甘んじて誹《そし》りを受けましょう」

朝倉は強い眼差《まなざ》しで宇野を見つめた。

「あなたを批判している訳ではないのです。協力していただけるのなら、ありがたいと思っています。ただ、せっかく協力していただいても、ＮＣＩＳがオープンに付き合ってくれるとは思えないのです。かえってご迷惑をお掛けしないか心配なだけなんですよ」

宇野は両手を振って見せた。

「なにが迷惑なんですか？　何事も行動しなければ、はじまりませんよ！」

朝倉は机を叩いた。

「そっ、それで、どうされるつもりですか？」

宇野は一瞬、腰を浮かせた。朝倉の形相が変わったからだろう。

「午後、ＮＣＩＳの極東本部を訪ねるつもりです。その際、星野さんをお借りしてもいいですか？」

朝倉は穏やかな表情に戻った。別に怒った訳ではない。こちらが真剣だということを少々オーバーに表現してみたのだ。

「事件は星野が単独で担当しています。あなたが加わるのなら、人数を増やしますよ」

宇野はポケットからハンカチを出すと、額に浮いた汗を拭《ぬぐ》った。

「それには及びません。私と星野さんだけで充分ですよ」

朝倉は軽く頭を下げると、立ち上がった。

「お昼はどうされますか？」

宇野も立ち上がり、握手を求めてきた。

「お気遣いなく」

握手を交わした朝倉は、軽く一礼して署長室を出て行った。

「朝倉局長、お待ちください」

署のエントランスで星野に呼び止められた。

「局長は止《や》めてください。せめて『さん』付けでお願いします」

振り返った朝倉は頭を掻いた。部下にも堅苦しいので「局長」とは呼ばせていない。

「お食事されるのなら、ご一緒させてください」

星野は宇野から聞いたのだろう。

「ええ、構いません……」

朝倉は玄関先の階段を下りながら右眉を吊り上げた。よこすか海岸通りの反対側に停まっていたブルーのバイクのライダーが、急に発進したのだ。フルフェイスのヘルメットを被っているため、顔は分からなかった。だが、手足から背の高い男だと分かる。気のせいかもしれないが、朝倉の顔を見て反応した気がするのだ。

「どうしたんですか？」

星野が尋ねてきた。

「なんでもない。飯を食おう」

朝倉は笑顔を浮かべ、階段を下りた。

フェーズ2：目撃者

1

午後二時十分、米海軍横須賀基地。

地元では〝ベース〟、米軍関係者は〝横須賀ベース〟と呼ぶ。

朝倉はベースの東側にあるニミッツ・ブルバード・ゲートに停車する覆面パトカーの助手席に座っていた。基地の西側には片側三車線あるキング・ストリートの正面ゲートがあるが、警察署からは東側のゲートの方が近いのだ。

昼飯は星野の薦めで、三笠《みかさ》公園入口交差点近くにある〝ウッドアイランド〟という店で海軍カレーを食べてきた。横須賀には海軍カレーを出す店が多いが、その中でも人気店らしく、平日でも行列が出来るようだ。昼食時のピークが過ぎたところだったので、あまり並ばずに入ることができた。

定番の〝海軍カレーライス・サラダ牛乳付き〟を注文した。ごろごろとした野菜が入った優しい味のカレーが妙に美味《うま》い。これがかつて海で闘う男たちに食されていたかと思うと、自衛官でもある朝倉には感慨深いものがあった。店の前の数十メートル先にニミッツ・ブルバード・ゲートがあり、目の前の道路をＹナンバーの車が往来する。米軍と共生する街である現実を星野はさりげなく教えたかったのかもしれない。

「ＩＤを提示してください」

ゲートの警備員に従い朝倉は特捜局のＩＤを提示し、マスクを外した。運転席の星野は警察手帳と特別入場許可証を見せている。

「特別強行捜査局？」

ＩＤを見た警備員が、朝倉の顔とＩＤの顔写真を見比べて首を傾げた。いかにも聞いたことがないという顔をしている。

「私のゲストだ。ＮＣＩＳの許可も得ている。ちゃんと確認してくれ」

星野はゆっくりではあるが、ちゃんとした英語で言った。

「大丈夫だ。早く日本人を通すんだ」

別の警備員が、ゲートボックスから出てきて同僚に手を振って促《うなが》した。

「失礼しました」

警備員は肩を竦めてＩＤを返し、入場許可証を渡してきた。

「日本の新しい捜査機関だ。覚えておいてくれ」

朝倉がＩＤを受け取って軽く敬礼すると、警備員は苦笑してみせた。

ゲートを通過したクラウンは、ニミッツ・ブルバードを北に進む。東京や沖縄の米軍基地は何度か入場したことがあるが、この基地ははじめてである。数ブロック先の大きな交差点を右折し、２ブロック先で左折する。左手は鬱蒼《うっそう》とした森が続く道になった。

「商業エリアを抜ける道もあるんですが、交通量が少ない森の脇を抜ける道が好きなんですよ。ちなみに左手の森は、丘になっていて米軍関係者用のホテルがあるそうです」

星野は速度を落として言った。天気さえよければ、横須賀とは思えない快適なドライブコースだろう。大きなカーブを描く森の道を抜け、再び左折した。両脇に白い建物が並ぶ。住宅街なのかもしれない。

星野は五階建ての建物の前で停めた。何の変哲もない外見をしており、表示もない。だが、入口には警備兵が立っていた。星野は無言で車を降りて、石段を上がって行く。

朝倉も黙って従う。おそらく司令部か米国政府機関の建物なのだろう。

星野はエントランスを通り、大きな受付カウンターの前に立った。二人の制服の兵士が対応している。

「神奈川県警の武雄・星野と特別強行捜査局の朝倉局長です。ＮＣＩＳのブルックス・オコナー特別捜査官と約束があります」

星野がカウンターの上に警察手帳を置いたので、朝倉も自分のＩＤを出した。受付の兵士が二人の証明書とパソコンの画面を見比べている。

「確認しました。午後二時三十分の約束ですね。右手の廊下を進み、ナンバー3の面会室でお待ちください」

受付の兵士は身を乗り出して廊下の右手を差すと、ＩＤを返してきた。

二人は廊下を進み、大きく〝3〟と記されたガラスドアの部屋に入った。

十八平米ほどの部屋で六人掛けのテーブルが中央に置かれている。窓はないが、ガラスドアということもあり、圧迫感はない。当然ではあるが、天井に監視カメラはある。

「私はこの建物の面会室以外に出入りしたことが、ありません」

星野は苦笑すると奥の椅子に腰掛けた。

「うろつくような場所じゃないし、基地のレストランよりどぶ板通りの方がよほど美味い物が食えるからな」

朝倉は星野の隣りの中央の席に座り、スマートウォッチを見た。午後二時十八分になっている。ゲートで手間取ることも考えて早めに来たのだが、思いの外すんなりと入れた。

「ゲートが混んでいると、二十分ほど待たされることもありますが、今日は早かったですね。この分だと、この部屋で二、三十分待つことになると思います」

星野はポケットからスマートフォンを出した。メールのチェックでもするのだろう。いつも待たされているらしい。

「私も経験ありますよ」

朝倉もスマートフォンを出した。以前米軍基地のゲートの警備兵に執拗《しつよう》な嫌がらせをされたことがある。日本人というより、人相が悪いことが原因だったかもしれない。

ガラスドアがいきなり開き、スーツ姿の二人の男が入ってきた。

「ようこそ、ミスター・俊暉・朝倉。ブルックス・オコナー特別捜査官です」

オコナーが朝倉の前に立ち、星野には目もくれずに握手を求めてきた。すぐ後ろには背の高い黒人男性も並んだ。

「特別強行捜査局の朝倉です」

朝倉は立ち上がり、オコナーの右手を強く握りしめた。

「部下のウィリー・ヘルズリー特別捜査官です」

オコナーが傍らの男を紹介した。

「はじめまして、ウィリー・ヘルズリーです。お噂《うわさ》はかねがねお伺いしております」

ヘルズリーは恭《うやうや》しく朝倉と握手をした。

「君たちは、特別強行捜査局のことを知っていたのか？　それとも本部の副局長にでも問い合わせたのか？」

二人の態度に違和感を覚えた朝倉は、目を細めて彼らを見た。最初から歓迎されると、その後に何かあると訝ってしまう。素直に受け取れないのは、職業病である。星野に目をやると、かなり面食らっているようだ。

「あなたは二〇一三年の日本の事件を皮切りに四度もＮＣＩＳと合同捜査をし、事件を解決している。もっとも、二〇一八年の事件はトップシークレットになっているため、私には事件の詳細を調べることが出来ませんでした。とにかく、あなたは驚異の存在です」

ヘルズリーは興奮気味に言った。二〇一八年といえば、沖縄での米軍関係者の連続殺人事件のことだろう。当初、麻薬シンジケートの線も疑われたが、朝倉は真犯人を突き止め、ＮＣＩＳの捜査官とともにアフガニスタンまで犯人を追った。

その過程で駐留米軍の裏組織が麻薬の密輸をしていることを暴き出した。だが、裏組織は軍の中枢にまで及んでいたために捜査結果を世間に晒《さら》すことができず、トップシークレットになったのだ。

「あなたのことを調べるように私が命じたのです。正直言って今回の事件捜査は、行き詰まっています。あなたに手伝っていただけるのなら、歓迎します」

オコナーは朝倉に席を勧めると、対面に座った。

「むろん、協力は惜しみません。私だけじゃなく、県警も特捜局もね」

笑顔を浮かべた朝倉は椅子に腰を下ろし、星野の肩を叩いた。

2

横須賀、午後九時四十分。

朝倉は京浜《けいひん》急行本線汐入《しおいり》駅前にあるベイスクエアの前に立っていた。オペラハウス仕様のホールがある横須賀芸術劇場とホテルが入っている美しいビルである。

午後から朝倉も加わり、星野が所轄の四人の警察官を動員してどぶ板通り周辺の聞き込みを徹底的に行った。捜査本部を立ち上げたわけではないので大規模な捜査はできないが、署長の許可を得て捜査チームを作ったのだ。彼らは精力的に聞き込みをし、被害者であるマイルズ・バルデスの事件当時の足取りを摑んでいる。

聞き込み捜査は午後八時に終えており、関わった捜査員は帰宅した。朝倉は星野が予約してくれた汐入駅近くのビジネスホテル〝ニュー・オーシャン〟にチェックインしている。

二月十一日、午後八時五十分、バルデスはベイスクエアの東側の通り沿いにあるバーに顔を出している。椰子《やし》の木を象《かたど》ったネオン管の洒落た看板があるバーである。一人でビールを二本、バーボンをショットグラスで一杯飲んだそうだが、一時間ほどして店を出たそうだ。

朝倉は飾り窓があるドアを開け、バーに入った。

木製の立派なカウンターがあり、奥にはソファー席もある。椰子の木のプランターや天井には蔦《つた》の飾り付けがなされ、店内は南国ムードに溢《あふ》れていた。カウンターに二人、ソファー席はカップルの客が座っている。どの客も二十代から三十代前半、店の客層は若いようだ。

朝倉は事件が発生した時間帯の被害者の足取りを確認したかったので、局には戻らずに一晩泊まることにしたのだ。それに明日の朝、通報してきた第一目撃者の二人に話を聞くつもりである。

カウンターにマスクをした二人のバーテンダーが立っており、一人は長髪で彫りが深い三十前後、もう一人は三十代後半で赤い洒落たベストを着ている。コロナ対策をしっかりしているようだ。

「いらっしゃいませ」

三十代後半のバーテンダーはマスクをしているが、笑顔であることは分かる。朝倉のオッドアイを見ても顔色を変えない。客商売のプロだからだろう。

「寒くなりましたね」

挨拶してくれたバーテンダーが手招きし、彼の前のカウンターチェアを勧めてきた。

「夕方から晴れたからな」

朝倉は彼の勧めに応じて席に腰を下ろした。隣りの客とは、一つ席が離れている。カウンターの客は、盛り上がっているので気にすることはなさそうだ。

「何にしましょうか？」

バーテンダーは小皿に入ったパスタサラダを出しながら尋ねた。バーには珍しくお通しを出すようだ。

「一昨日《おととい》の夜来た米兵のことを聞かせてくれないか。とりあえず、そいつが飲んだ最初のビールをもらおう」

笑顔を浮かべ、さりげなく答えた。

「えっ？」

バーテンダーが両眼を見開いた。朝倉の顔を改めて見て訝っているようだ。少なくとも警察官には見えないからだろう。

「簡単な会話をするだけでいいんだ」

さりげなく特捜局のバッジを見せた。ぱっと見は警察手帳と大差はないが、一般人に馴《な》染《じ》みがないのであえて特捜局と名乗るつもりはない。

「わっ、分かりました」

バーテンダーは、ライムのくし切りを添えたメキシコのコロナビールを瓶《びん》ごと朝倉の前に置いた。米国人の好みそうなビールである。

朝倉はライムを手のひらで瓶の中に押し込むと、ビールを口にした。ライムの香りがする軽いビールが、喉《のど》の渇《かわ》きを癒《いや》す。水代わりに飲むにはいいだろう。

「例の米兵はよく来たのか？」

「私が知っている限りでは、はじめてのお客様だと思います。もともとどぶ板通りのバーと違って、外国人のお客様の比率は一パーセント程です。うちはチャージを取るので、外国人のお客様から敬遠されるんですよ」

バーテンダーはコップを布巾《ふきん》で拭《ふ》きながら苦笑した。仲間に確かめないところを見ると、被害者に記憶があるようだ。

「一人で酒を楽しんでいたのか？」

常連でもないのにふらっと一人でバーに来たとしたら、よほど酒好きということになる。

「それが、ずっとスマホを見ていたんですよ。どちらかと言うと、時間を潰《つぶ》していたようにしか見えませんでした。もっともそういうお客様は、最近増えましたけどね」

バーテンダーは快活に笑った。

「誰かと約束していたような感じはあったか？」

「そう言われてみれば、出入口のドアを時折気にしていましたね」

バーテンダーは思い出したのか、小さく頷いてみせた。所轄の刑事の聞き込みでは、バルデスはバーから一人で出たそうだ。待ち人は来なかったということなのだろう。

「ひょっとして、刑事さん？」

一つ席が離れている髪を金色に染めた客が話しかけてきた。トレーナーにジーパン、二十代前半、学生なのかもしれない。一緒にいる男も同年代だろう。朝倉とバーテンダーの会話に聞き耳を立てていたようだ。

「ええ、まあ」

朝倉は曖昧《あいまい》に答えた。

「一昨日の夜、殺された米兵の捜査なんでしょう？」

金髪の男はわざとらしく声を潜めた。

「何か知っていることでもあるんですか？」

朝倉は大人の対応をしてみせた。

「少なくとも僕らは見ましたよ」

男は意味ありげに言うと、自分のスマートフォンを出して朝倉に見せた。

薄暗い通りの奥に二人の男が組み争っているムービーである。フードを被った男の手にいつの間にかナイフが握られていた。よく見るともう一方の男は迷彩の軍服を着ている。

「こっ、これは……」

朝倉は声を失った。ムービーは米兵殺害の瞬間を映し出しているのだ。フードの男は迷彩服の男の胸を何度も執拗に刺した。

「どこで、このムービーを手に入れた！」

眉を吊り上げた朝倉は、男からスマートフォンを奪い取った。

「どっ、どこって、ＳＮＳに投稿されていたんですよ」

金髪の男は声を裏返らせて答えた。

「なんてことだ！」

朝倉はカウンターを拳《こぶし》で叩いた。

3

横須賀警察署、午後十時十分。

朝倉は二階にある小会議室の椅子に座り、ＳＮＳのムービーを見ていた。バーの若い客からＳＮＳを教えてもらい、ダウンロードしたのである。〝米兵殺人現場を再現〟というタイトルだ。「再現」という単語を入れたのは、本当の殺人現場のムービーと分かれば、倫理に反しているとＳＮＳの運営会社から映像を削除されるからだと局の戸田は言っていた。

会議室のドアが開き、星野が入ってきた。

「すみません。遅くなりました」

星野は息を切らしながら朝倉の前の席に座った。朝倉が殺人ムービーの件を知らせ、自宅から呼び出したのだ。

「こっちこそ、勤務時間外にすまない」

朝倉はスマートフォンをジャケットのポケットに仕舞った。

「驚きました。第一目撃者が、こともあろうに殺人の現場を撮影していたなんて。私が彼らに事情を聞いた時には、そんな話は一言もなかったんですよ」

星野は額に浮いた汗をハンカチで拭《ぬぐ》った。

「局で、その二人の素性を洗ったよ。今井《いまい》克也《かつや》と村上圭介《むらかみけいすけ》は、二人とも横須賀在住のユーチューバーだ。酔っ払いの米兵の動画を撮るつもりで被害者を尾行していたらしい。まさか米兵が殺されるとは思ってもいなかったのだろう」

朝倉はＩＴの専門家である戸田にＳＮＳを調べさせて、二人を割り出していた。それが、明日に事情を聞く予定だった第一目撃者の名前と符合したのだ。

「ユーチューバー？　訳の分からない職種ですね」

星野は首を振った。

「今井らは、〝スペシャル・ベース・チャンネル〟という番組を発信している。横須賀を中心に活動していて、面白映像を作っている。だが、飲食店やコンビニでふざけて苦情も出ているらしい。ようするに、お騒がせユーチューバーだ。米兵殺しの映像は特ダネだけに警察へ通報せずに、ＳＮＳで公開したんだ。重要な証拠として使えるだけに我々は、差し押さえることも可能だからだろう。それを見越してＳＮＳで公開して広告収入を得た方が得だと考えたに違いない。立派な捜査妨害だよ。任意同行に応じなければ、逮捕状も請求できるはずだ」

「確かにそうですね。彼らの行為は捜査妨害になります」

朝倉は腕を組んで言った。

星野は手を叩いた。

「とりあえず、彼らの自宅に行って、他にも情報を持っていないか聞こう。もし、拒否するようなら、逮捕状を請求してぶち込めばいい。騒ぎを起こして有名になろうとするやつらには、お灸《きゅう》を据えないとな」

朝倉はにやりと笑う。迷惑行為というのは、法律に触れない場合でも他人を不快にさせる。それで飯を食うような連中には、社会の厳しさを教えた方がいいのだ。

「了解です。ご案内します」

一礼した星野は立ち上がった。

所轄を出たクラウンの覆面パトカーは、１６号線を東に向かう。朝倉は助手席に座り、星野がハンドルを握っている。

「通報してきた彼らに事情を聞いた際、もっと怪しむべきでした」

星野は溜息を吐きながら言った。署を出てからほとんど口を聞いていない。悩んでいる様子だ。朝倉らは二人の第一目撃者の住居に向かっていた。まだ、逮捕状を取っていないので、とりあえず事情を聞こうと思っている。相手の出方次第では、少々脅して署まで連行するつもりだ。

「犯人でないことは明らかなんだから、彼らの証言を疑わなかったんだろう」

朝倉は星野を気遣った。警察官は、通報者が善意の存在だと決め付けることはない。特に殺人事件の第一通報者の場合、犯人である場合もあるからだ。星野が目撃者の若者を犯人でないと確信し、彼らを普通の民間人と判断したことに問題はない。そもそも、目撃情報を隠匿《いんとく》しているかは誰にも判断できないことである。

「面目ない。二人ともピアスはしていましたが、風体《ふうてい》はさほど荒れていませんでした。鉄工所に勤めており、同僚だと聞いています。気晴らしにどぶ板通りで飲んでいたという彼らの言葉を素直に信じてしまいました。刑事になって二十三年になりますが、情けないものです」

「小悪党は嘘《うそ》をつくのがうまいんですよ。そういう連中に限って締めあげれば、何かの犯罪に関与している可能性だってあります。とにかく、二人を署に連行しましょう」

朝倉は苦笑した。過去に小悪党どころか、殺人犯に嘘をつかれて騙《だま》されたことがある。虚言癖がある人間は、自分のついた嘘を自分自身で信じてしまうために他人が見破ることは難しいのだ。

車は１６号線から１３４号線に入り、数ブロック先で右折した。二百メートルほど進み、京浜急行本線の高架下を潜《くぐ》り、三春町《みはるちょう》の狭い道路に入る。

「まさか」

声を上げた星野が、三階建てのアパートの前で車を停めた。アパートの前にフォードの白のエクスプローラーが駐車してあり、Ｙナンバーなのだ。

「目撃者のアパートですか？」

「そうです。二人は二階に住んでいます」

星野はフロントガラス越しにアパートの上階を見上げている。

「先を越されたか」

朝倉は車を降りると、エクスプローラーを覗《のぞ》き込んだ。誰も乗っていない。二階と三階は外階段で上がるらしい。

「むっ！」

外階段に向かうと、三人の男が階段を降りてきた。

「ミスター・朝倉じゃないか？　奇遇だね。こんなところで会うとは」

先に階段を降りてきた男が、朝倉の前に立った。ＮＣＩＳのオコナーである。その後ろにいるのが、部下のヘルズリーで、彼が腕を摑んでいる若い日本人が今井である。

朝倉は今井らが運営する〝スペシャル・ベース・チャンネル〟という番組を見て、リポーター役をしている今井を確認している。すべてのムービーを見たわけではないが、村上は登場していないようだ。

「いくら日米地位協定があるからって、日本人は逮捕できないはずだ。そもそも何の容疑だ？」

朝倉はオコナーと顔を突き合わせて睨んだ。オコナーの身長は一八四センチほど、朝倉と変わらない。

「勘違いしないでくれ。あくまでも参考人だ。日本の警察機関でも民間人に協力を求めることはあるんだろう？　同じことだよ」

オコナーは肩を竦めると、ヘルズリーに若い日本人を連れて行くように手を振って合図した。

「車に乗ってください」

ヘルズリーは日本語で言うと、エクスプローラーの後部座席に男を乗せた。

「彼がいったい何をしたというのだ？」

朝倉はあえて尋ねた。

「君もＳＮＳのムービーを見たからここに来たんじゃないのか？」

オコナーは質問で返してきた。

「彼は第一目撃者だ。話を聞きに来ただけだ」

朝倉は鼻から息を漏らして笑った。

「本当のことを言ったらどうだ。米国でも警察に捜査情報を故意に渡さなかったら罪になる。まして、殺人現場のムービーを犯人が見て逃走する可能性もある。彼らがＳＮＳに殺人のムービーをアップしたのは、明らかに捜査妨害だ。日本でもそうだろう。場合によっては、県警に逮捕の依頼を出す。その上で、犯人の引き渡しを請求するまでだ。君がさっき言った日米地位協定は、その時に役に立つかもしれないな」

今度はオコナーが鼻先で笑った。

「尋問するなら立ち会わせてくれ。というか協力する。まさか英語で尋問できると思っているわけじゃないだろう？」

朝倉は引き下がらなかった。

「断る。幸いなことにヘルズリーは日本生まれで、日本語が堪能なのだ。通訳は間に合っている。捜査は我々だけで充分なのだ」

鼻先で笑ったオコナーはわざとらしく日本式に頭を下げてお辞儀をすると、エクスプローラーの助手席に座った。

ヘルズリーは朝倉に黙礼すると、運転席に乗り込んだ。オコナーよりは礼儀をわきまえているらしい。

朝倉は拳を握りしめ、走り去る車を見送った。

「くそっ！」

4

午後十時四十五分、朝倉と星野は横須賀市佐原《さはら》の住宅街を抜け、坂道の途中で車を降りた。

気温は八度と冷え込んだ。

「冷えますね」

先に車を降りた星野が、白い息を吐いた。

「ここですか？」

朝倉は、牛島《うしじま》鉄工所と看板がある建物の前に立った。ダンプカーが出入りできそうな大きなシャッターの横に棟続きの家がある。第一目撃者は、ここに勤務しているそうだ。

事前に連絡を取らずに訪ねたのは、関係者の反応を確かめるためである。それに夜討ち朝駆けは刑事の常套《じょうとう》手段だ。

鉄工所の左隣りは二階建てのアパート、右隣りは古い民家、向かいは月極《つきぎめ》駐車場である。近隣は住居もまばらでひっそりと静まり返っていた。朝倉は念のために鉄工所の周囲を調べて裏口がないか確認した。探しているのは犯人ではなく目撃者だが、警察と聞いて逃走する可能性があるためだ。

　三春町のアパートで、朝倉と星野は目撃者の一人である今井がＮＣＩＳのオコナーに連行されるのを確認している。もう一人の目撃者村上は、今井の隣りの部屋に住んでいるが不在であった。ＮＣＩＳの捜査官が来たことを察知し、身を隠している可能性も考えられる。そこで、彼らの職場である牛島鉄工所を訪れたのだ。彼らを雇《やと》っている社長に聞けば、何か手がかりを得られる可能性はある。

　鉄工所も自宅側の建物の窓にも灯《あか》りはなく、住民は眠っているのかもしれない。

「ここはお宅のシマだ。よろしく」

　朝倉は、星野の後ろに下がった。

「恐縮です」

　星野はドア横のインターフォンの呼び出しボタンを押した。このエリアを担当する警察官から、工場のすぐ隣りは牛島の自宅だと聞いている。

――……なんですか？　こんな夜中に。

　嗄《か》れた男の声がインターフォンのスピーカーから聞こえる。

「夜分恐れ入ります。横須賀警察署の者です。お伺いしたいことがありますので、少々お時間をいただいてもよろしいでしょうか？」

星野はゆっくりと丁寧に言った。早口は高圧的に聞こえる。彼は所轄の刑事第一課の係長をしており、経験は充分あるようだ。

玄関灯が点《つ》くとドアが開き、白髪《しらが》頭の男が顔を覗かせた。

「横須賀署の星野と申します。社長の牛島さんですか？」

星野が警察手帳を見せると、男は小さく首を上下に動かした。

「お宅の社員について二、三お伺いしたいことがあります」

「社員？　と申しますと？」

牛島は怪訝《けげん》そうな表情で、朝倉を気にしつつ尋ねてきた。刺激しないように、あえて顔が見え難いように暗い場所に立っている。

「今井克也さんと村上圭介さんが、こちらに勤めていると伺っております」

星野は動ぜずに聞き返した。

「あの二人のことですか。確かに働いていましたが、半年前に辞めました。なんでも、ユーチューボーとかになると言っていましたよ。うちでコツコツ働くのが嫌だったらしい。何か悪いことでもしたんですか？」

牛島は頭を掻きながら上目遣いに言った。「ユーチューボー」というあたり、詳しくは知らないように聞こえる。

「とんでもない。彼らはある事件の目撃者で、重要な証人なのです。警察に協力していただこうと、彼らのアパートを訪ねたのですが、留守でした。立ち寄り先に心当たりはありませんか？」

星野は笑顔で答えた。

「彼らは、横浜の元暴走族でしてね。二人の両親とは知り合いで面倒を見て欲しいと頼まれたから、渋々住み込みで雇ったんですよ。真面目とは言えなかったが、一年ほど働きました。でも、辛抱が続かないんですね。去年の夏あたりから休みがちになって、結局辞めてしまいました。どうせ、暴走族仲間と走っていたのでしょう」

牛島は大きな溜息を漏らした。関わりたくないのだろう。

「それでは、溜まり場とかは、知りませんか？」

「知りません。知りたくもありませんでした。辞めてからは、一切連絡もありませんしね」

牛島は左右に首を振ると、朝倉の顔を横目で見た。よほど気になるらしい。

「それでは、二人の実家の連絡先を教えてもらえますか？」

星野はポケットから手帳と小型のボールペンを出して尋ねた。

「ちょっと、待ってください。書き留めてきますから」

牛島は一旦ドアを閉めた。

「いまどき暴走族ですか。横須賀ではとんと見かけないですがね」

星野は振り返って肩を竦めた。

「そうですね」

朝倉はシャッターを見つめながら答えた。牛島の様子もそうだが、シャッターの向こうが気に掛かるのだ。

五分ほどして牛島が再び顔を見せた。

「なかなか住所録が見つからなくて。二人の実家の住所です。それでは、お引き取りください」

牛島はメモ用紙を持った右手を突き出した。

「ありがとうございます」

星野はメモを受け取り、頭を下げた。

「玄関先ではなんですから、少し、お話しさせてもらえませんか？」

朝倉は星野の前に出た。

「えっ、いや、こんな夜遅く。はやく帰ってください。もう眠りたいんですよ」

牛島は朝倉の顔を見て一瞬怯《ひる》んだものの、癇癪《かんしゃく》を起こしたかのように顔を赤くした。

「失礼しました」

星野が頭を下げた。

「まったく！」

牛島は音を立ててドアを閉めた。

「嫌われましたね」

星野は苦笑を浮かべると、車に乗ってエンジンを掛けた。

「そんなもんさ」

朝倉は助手席に乗り込むと腕を組んだ。

「ホテルまで送りますよ」

星野は狭い道路で車をUターンさせて坂を下り、表の通りに出た。鉄工所から五十メートルほど先で行き止まりになっているからだ。この辺りは起伏のある土地に住宅が建てられたせいか、袋小路の道が意外と多い。

「ここで、停めてくれ」

朝倉はバックミラーで鉄工所が見えなくなるのを確認して言った。

「どういうことですか？」

星野は車を交差点近くの路肩に停めて尋ねた。

「俺の勘に狂いがないなら、村上にはすぐ会えるはずだ。ここで待っていてくれ、連絡する」

朝倉は車を降りると、坂道を上って行く。百メートルほど歩くと、鉄工所が見えてきた。さきほどまで眠ったかのように静まり返っていた家の明かりが灯《とも》った。

朝倉は急ぎ足で坂を上り、鉄工所の前で立ち止まる。

まるで朝倉の到着を待っていたかのようにシャッターが開き始めた。

内部は八十平米ほどの広さがあり、壁際には鋼材が積まれ、天井からクレーンがぶら下がっている。中央にはトラックの横にバイクが停めてあり、牛島の姿はないが若い男がバイクの傍らでヘルメットを被ろうとしていた。朝倉には気が付いてないらしい。夜中に出入口に人が立っていることなど誰にも予想はできないだろう。

警察官が訪ねてきたために慌てて逃げるつもりだったのだろう。朝倉は牛島の言動に違和感を覚えていた。朝倉に怒って見せたのも、演技だったのだろう。だが、所詮《しょせん》素人《しろうと》である。朝倉を騙せるものではなかったのだ。

「村上圭介さんですね」

朝倉は倉庫に足を踏み入れると、バイクから鍵《かぎ》を抜き取って尋ねた。捜査令状はないが、参考人の村上の逃亡を阻止するためにやむなしである。住人である牛島が偽《いつわ》ったことで、朝倉には住居に侵入できる口実ができた。

ちなみに〝参考人〟は、被疑者以外の者で事件について参考になりうる情報や知識を持っている人物のことであり、刑事訴訟法２２３条では捜査機関は取調べをすることができると規定されている。

「なっ！」

村上は朝倉に顔を向けて凍りついている。

「参考人を確保。鉄工所まで来てくれ」

朝倉はスマートフォンで星野に連絡を取った。

5

午後十一時三十五分、横須賀警察署。

朝倉は三階の刑事第一課にある八畳ほどの小会議室で、机を挟んで村上の対面に座っていた。警察署にはこの手の小会議室は沢山ある。内部で打ち合わせに使うだけでなく、尋問室の代わりに簡単な取り調べや事情聴取に使うこともできるからだ。

「俺、逮捕されるんですか？」

部屋に入ってから五分ほど経ち、村上がようやく口を開いた。

「参考人なのか重要参考人になるかは、君次第だ。協力してくれれば、捜査妨害に問われることはないだろう」

朝倉も初めて言葉を発した。星野には村上を見張っているからと、コーヒーを頼んだ。勝手に尋問するから時間をくれという意味である。朝倉の意を汲《く》んだ星野は席を外し、自分の席で報告書でも書いているのだろう。

「捜査妨害！」

村上は声を上げた。

「君らは撮影した殺人動画を警察に提出せずに、ＳＮＳで公開した。犯人が見ていた場合、逃亡する手助けにもなる。それだけでも捜査妨害になるんだ。正確に言うのなら、公務執行妨害となる。それぐらい分かるだろう」

朝倉は表情も変えずに淡々と言った。

「だけど、殺されたのは米兵で、捜査は米軍がするんでしょう？　日本の警察に迷惑を掛けたことにはならないはずですよね」

村上は薄笑いを浮かべた。横須賀に住んでいるだけに米軍と日本の警察の関係は分かっているようだ。

「反米活動でもしているつもりか。米国の捜査当局から所轄は捜査協力を求められているんだぞ。おまえらを米軍は逮捕したがっている。米側から逮捕請求を受ければ、警察は間違いなくおまえらを逮捕し、米国に引き渡す。すみやかにな。今井はＮＣＩＳにすでに連行されている。おまえもそうなりたいのか。米国に連れて行かれて裁判を受けることになるぞ」

朝倉はふんと鼻息を漏らした。

「えっ、今井は逮捕されたんですか？」

村上は両眼を見開いた。演技ではなさそうだ。

「今井が連行されたから牛島さんのところに隠れていたんじゃないのか？」

「違います。殺人動画を撮って恐ろしくなったから相談に行ったんです。ＳＮＳに動画をアップしたのは、今井です。俺も一緒に動画を撮ったけど、いまさら警察に届けたら怒られそうだと思って止《や》めたんです」

村上は溜息を吐きながら俯《うつむ》いた。

「だが、おまえたちのユーチューブのチャンネルは、共同で運営しているはずだ。今井が罪に問われたら共犯とみなされても仕方がないぞ」

朝倉は冷たく言い放った。

「俺は、殺人の動画をアップするのは、やばいって反対したんですよ。なのにあいつは、大儲《おおもう》けが出来るってアップしたんです。それにさっき見たら、マナー違反で映像は削除されていました。削除されたら儲けることもできない。もっとも、あいつは炎上商法が儲かるっていつも言っていますが」

村上は首を何度も横に振った。

「君が撮影した殺人動画は持っているか？」

朝倉は右手をテーブルの上に伸ばした。

「はっ、はい」

力なく返事をした村上は、朝倉の右手にロックを解除した自分のスマートフォンを載せた。

朝倉は早速ムービーを開いてみた。

足元の危ういマイルズ・バルデスが、どぶ板通りを歩いている。百メートルほど歩き、殺人現場となった狭い路地に入って行く。

「今井のムービーは、米兵と犯人が取っ組み合っているところから始まるが、随分前から撮られているな。今井が編集したのか？」

朝倉はムービーを一旦止めて尋ねた。今井は、現場が特定されないように編集でカットした可能性はある。偽装したタイトルといい、本人にも危ないことをしている自覚はあるようだ。

「実は俺が撮影担当なんです。最新の高解像度のカメラを備えたスマホを持っています。だけど、あの時、今井は興奮して自分のスマホでも撮り出したんですよ」

村上は苦々しい表情で答えた。彼らの番組〝スペシャル・ベース・チャンネル〟を三つほど見たが、確かに今井がリポーターを務め、コンビニで商品を盗み食いするなどの迷惑行為をしていた。

「なるほど」

朝倉は頷くと、ムービーの続きを見た。

バルデスは左の建物の壁伝いに奥へと進む。突き当たりの階段の下にフードを被った男が立っていた。ＳＮＳにアップロードされた映像より解像度はかなり高い。バルデスが右手にナイフを握り、フードの男に襲い掛かった。だが、簡単にフードの男にナイフを奪われる。映像がズームされて解像度は落ちたが、二人が大きく映し出された。

「この映像データ以外に何かないか？」

ムービーを見終わった朝倉は、自分のスマートフォンにデータをダウンロードしながら尋ねた。

「これだけです」

村上は返事をすると、悪びれることなく朝倉を見た。

「今日は、ここに泊まって行くんだな」

スマートフォンを村上に返した朝倉は立ち上がった。彼から得られる物は、これ以上何もないだろう。

「じょ、冗談でしょう。俺はただの参考人ですよね」

村上も立ち上がった。

「おまえのアパートはおそらく米軍が見張っているだろう。帰れば、捕まるぞ。参考人としてな。だったら、日本語が通じるここにいた方がよくないか？　好きにしろ」

朝倉は右手を軽く振って答えた。正直言って彼がＮＣＩＳに捕まろうと興味はない。身から出た錆《さび》というものだ。

「そんな……」

村上は腰を落とすように座った。

「朝倉さん」

部屋の外から星野が手招きした。

「どうした？」

朝倉は部屋から出ると、首を回しながら尋ねた。眠いわけではないが、少々疲れてきたのだ。

「また、米兵が殺されました」

星野が耳打ちした。

「現場は押さえてあるか？」

朝倉は険《けわ》しい表情で尋ねた。

この場合、「現場を押さえる」というのは、警察官に殺人現場に規制線を張らせて保全をするというだけでなく、ＮＣＩＳへの連絡を遅らせるという意味も含む。ＮＣＩＳに教えれば、捜査チームがすぐさま飛んでくる。彼らが鑑識作業を始めたら、手の出しようがないのだ。

「もちろんです」

星野はにやりとした。

「案内してくれ」

朝倉は思わず星野の肩を叩いた。

6

午後十一時五十五分、朝倉と星野は警察署からよこすか海岸通りを走り、南関東防衛局横須賀防衛事務所の駐車場がある交差点を右に曲がる。

「こちらです」

星野は息を切らしながらも、住宅の前を通る道に入った。

百メートルほど先の突き当たりをまた右に曲がる。正面は港の桟橋の柵《さく》になっており、その左手の小さな門が開いていた。

「すみません。歩いていいですか？」

星野は肩で息をしながら歩き出した。警察署からは五百メートルほどの距離だったが、一生懸命走ったらしい。

「休みながら歩きましょう」

苦笑した朝倉は、星野と歩調を合わせた。

門には規制線が張られており、テープを潜ると二人の制服警察官が敬礼してきた。彼らが現場を保全しているのだろう。近辺に交番はないので、警察署から出動したに違いない。

「ご苦労様です。ご案内します」

年配の警察官が朝倉に一礼すると、先に歩き出した。

東郷平八郎《とうごうへいはちろう》像が左手にあり、右手には記念艦となった大日本帝国海軍戦艦三笠がある広場を抜けた。ここは〝日本の都市公園百選〟にも選ばれた三笠公園である。

先を行く警察官は、記念艦三笠の脇を通りさらに奥へと急ぎ足で進む。

公園は数字の「7」のような形をしており南北に長く、南端の三ヶ所に出入口がある。

「先ほど入った門が一番小さいこともありますが、湾に面しているため、米軍基地から一番離れているんです。現場はこの先にあります」

右横を歩く星野は、地元の警察官らしく説明した。

「この公園の営業時間は？」

朝倉は人気《ひとけ》のない公園を見回しながら尋ねた。殺人現場なら大勢の警察官が詰めかけるものだが、被害者が米兵という訳ありのため、かなり人数を絞《しぼ》っているようだ。

「十一月から三月までは、午前九時から午後八時までとなっています」

星野は淀《よど》みなく答えた。

「なるほど」

朝倉は小さく頷いた。通報を受けたのは、午後十一時三十九分と聞いている。閉園してから殺人が行われたのか、あるいは他の場所で殺されてから死体が運び込まれたということなのだろう。

護岸沿いの遊歩道を進むと、丸い台が重ねられた石段の上にある大きなアーチ状の金属製モニュメントが見えてきた。モニュメントを中心に石畳になっている広場のようだ。

「ここから先は、靴カバーを付けてください。アメリカさんに現場を荒らしたと言われたくないので」

星野は苦笑いをすると、ポケットからビニール製の靴カバーを渡してきた。

「確かに」

鼻息を漏らした朝倉は靴カバーを履くと案内役の警察官に従って石段を上がり、モニュメントの下に進んだ。

迷彩服を着た米兵の死体が、モニュメントの真下にあるサークルの中央にあった。よく見ると世界地図のレリーフになっており、太平洋側に血の海が出来ている。喉を真一文字に切られており、おかしなことにズボンとパンツが膝下まで下ろされて下腹部が露出していた。先日殺された米兵とは殺害方法が大きく異なる。通常なら同一犯とは見ないだろう。

周囲には朝倉ら三人の他に警察官は誰もいない。

「通報からの経緯をもう一度教えてくれ」

朝倉は自分のスマートフォンで死体を撮影しながら尋ねた。

「午後十一時三十九分に、近所の住民から不審者が三笠公園の正門から出てきたと、１１０番通報を受けました。午後十一時四十二分、署から二人の警察官を派遣し、正門の鍵が壊されているのを確認。園内を捜索した二人は、午後十一時四十六分に米兵の死体を発見しました。通報者以外の聞き込みはまだしていません」

星野は自分の手帳を見ながら答えた。

「不審者の風体は？」

朝倉は被害者の首から広がる血溜まりを踏まないように近付き、致命傷と思われる首の傷をアップで撮った。血の量からすれば、犯人は頸動脈《けいどうみゃく》を切断している。他に外傷は見当たらない。間違いなく死因は失血死、殺害現場はここである。

「通報者の話では、フードを被っていたので、よく分からないそうです」

「フードの男？」

朝倉は、別の角度で撮影をはじめた。死体には一切触れることはできないので、カメラで撮影する他なくもどかしさを感じる。それでも、星野の機転でＮＣＩＳよりも先に現場に入れたことを喜ぶべきだろう。

「フードは共通していますが、いかんせん寒いですから、同一人物とは限りませんね。殺しの手口も違いますから。周囲の防犯カメラの映像があるか、もっか調べさせています。

死体の確認をしていただけましたか？」

星野が米軍基地の方を気にしながら聞いてきた。米軍基地は西の方角にあるのだ。

「写真は撮れた。何を気にしている」

朝倉は死体から離れた。

「ここから米軍基地までは二百メートルほどしか離れていません。丸見えなんですよ」

星野は米軍の交渉係のため、過敏になっているのだろう。米軍基地の東側には十階建てのマンションなど背の高いビルがある。確かに閉園後の公園でライトがちらつけば、気にする基地内の住民もいるだろう。

「一旦撤収すればいいんだな？」

「すみません。警察官を二名残して、我々は引き揚げます」

星野は巨大なモニュメントから逃げ出すように石段を早足で下りた。よほどＮＣＩＳの目が怖いらしい。

「この広場の名前は？」

朝倉は死体と舞台のようになっているモニュメント下の石段を撮影した。モニュメント自体は十メートル以上あるので死体と一緒に全体像を撮影するのは不可能である。

「ここはモニュメント広場といいます。ちなみにモニュメントは十八メートルの高さがあり、〝平和のアーチ〟と呼ばれ、公園のシンボルになっています。まったく、けしからん犯人ですよ。横須賀市民への冒瀆《ぼうとく》です」

星野は案内してくれた警察官を残して現場から離れると、口調は怒っているようだがほっとした表情で話し始めた。

「平和のアーチに死体か」

朝倉は首を傾げた。偶然ではないのだろう。被害者あるいは被害者の遺族や関係者への皮肉、あるいはメッセージが込められているのかもしれない。

「早く撤収しましょう」

星野はすでに広場の外にいる。

「分かった。うん！」

石段を下りた朝倉はポケットからＬＥＤライトを出すと、膝を突いて石段の下を照らした。

「どうしたんですか？　えっ！」

覗き込んできた星野が声を上げた。両切り煙草の吸殻が落ちているのだ。

朝倉はスマートフォンで撮影した。

「回収しますか？」

星野が白手袋をして尋ねた。

「物証だとしたら、今回はＮＣＩＳに譲ろう。裏側を撮影したいので、煙草をひっくり返してくれ」

「了解です」

星野は慎重に吸殻をひっくり返した。

「やはりな」

頷いた朝倉は、撮影が終わると立ち上がった。

フェーズ3：第一四八任務部隊

1

午前六時十分、白いトヨタ・マークXの覆面パトカーが横浜横須賀道路からインターチェンジを抜けて、本町山中有料道路に入った。

「今回の事件の犯人は、シリアルキラーなんでしょうか？」

ハンドルを握る中村は、助手席の国松に尋ねた。

「殺しの手口が違うからなんとも言えないな。被害者はいずれも第一海兵師団第五海兵連隊に所属している海兵隊員だ。その二人を殺すのは簡単じゃないはずだ。単独犯じゃなく、複数犯の可能性もある。犯人を特定するのは容易じゃないだろうな」

国松は書類を見ながら答えた。

昨夜、朝倉から捜査の助手がいるため、手の空いている捜査員を二名選ぶように命令を受けている。たまたま中村のスケジュールが空いていたので彼を選んだ。もう一人は捜査警課から選ぶつもりだったが、夜遅くに指示を受けたために選ぶことができず、それならと国松は自分で志願することにしたのだ。もっとも、道路事情も考えて早朝出発する必要があったので、気のおけない中村と組むのが手っ取り早かった。

「ボスだったら、海兵隊の一人や二人、簡単にやっつけちゃいますよ。犯人はボスみたいな軍人じゃないんですか？」

　中村は楽しげに言った。

「私の勘では、内ゲバじゃないかと思っている」

　国松は書類をバッグに仕舞い、足元に置いた。

「令和の時代に『内ゲバ』って、昭和の死語じゃないですか？　意味は分かりますよ、組織内での暴力を使用した抗争のことでしょう。私も犯人は米兵だと思っています。二人目の被害者は、ズボンを脱がされて、チンチン丸出しだったそうです。絶対、殺害の動機は三角関係、いわゆる痴情のもつれだと思いますよ」

　中村は得意げに話した。

「何が、チンチンだ、まったく。おまえのような単細胞が防課の主任だとは、情けないよ。どうせまた釣り道具を持ってきたんだろう」

　国松は首を左右に振った。

「当然ですよ。鑑識道具と釣り道具はワンセット。捜査には必需品ですから」

中村は顔色を変えるどころか、綻《ほころ》ばせた。

「おまえ本気で言っているのか？　釣り道具のどこが捜査の必需品なんだ」

眉を吊り上げた国松は、中村を睨みつけた。

「これまでボスと組んだ捜査で、私が釣り道具を持参しなかったことがありますか？　ないでしょう？　でも、捜査はすべて解決しましたよね」

中村は言い聞かせるように言った。

「確かにない」

国松は大きく頷いた。

「もし、私が釣り道具を持参せずに、事件が迷宮入りしたらどうするんですか？　私はその責任を取るだけの勇気はありませんよ」

中村はわざとらしくしかめっ面で言った。

「験担《げんかつ》ぎか。そう言われると、返す言葉もないな。だが、釣り道具を出すのは、事件が解決してからだぞ」

国松は頭を掻いた。

「知っていますか？　海辺つり公園って」

中村は国松の話を無視し、唐突に話題を変えてきた。

「知らない。横須賀にあるのか？」

　国松は首を横に振った。

「三春町の港湾緑地にあるんですよ。我々がチェックインするホテルから、たったの四キロ、早朝なら十分で行けますよ。開園時間は午前五時です。いくら捜査が早くても、早朝なら時間があるはずですよね」

　中村はにやにやしている。

「早朝？　ふーむ」

　国松は中村を横目で見た。

「息詰まるような捜査が続いたら、息抜きも必要です。そう思って、三人分の釣具を持ってきました」

　中村はにこりと笑ってみせた。

「私の分もか。いつの間に積み込んだんだ。しかも三人分用意するとは、見つかった時に備えていたんだな。なんてやつだ」

　吐き捨てるように言った国松は、中村から顔を背けると口角を上げた。

　数分後、横須賀市内に入った覆面パトカーは、汐入駅近くのビジネスホテルの駐車場に停まった。朝倉がチェックインしているホテルである。

「ボスに挨拶してきてください。私は荷物を下ろします」

トランクを開けた中村は、車を降りると殊勝なことを言った。

「分かった」

助手席から降りた国松は書類を入れたバッグを手にエントランスへ向かった。

「さてと、釣り道具は車に積み込んだままにするか」

中村はスーツケースと鑑識道具が入ったバッグを下ろした。トランクを閉めようとすると、いきなり背後から腕を掴まれた。

「えっ！」

中村は両眼を見開いて振り返った。

「おまえ、また釣り道具を持ってきたのか？」

背後に立っている朝倉が呆れ顔で首を振る。スポーツウェアを着て、ジョギングシューズを履いていた。八キロほど走ってきたのだ。

「いっ、いえ。これは、トランクに積みっぱなしになっていて、下ろすのを忘れたんですよ」

中村は釣り道具を隠そうと両手を広げた。

「何が積みっぱなしだ、覆面パトだぞ。バレているんだよ。事件が解決したら、いくらでも釣りをさせてやる。さっさと、荷物を運べ」

朝倉は中村の背中を軽く叩き、ホテルに入って行った。

フロントで国松がチェックインの手続きをしている。

「おはようございます」

国松が朝倉に気付き、顔を上げた。

「朝飯前に打ち合わせをする。十分後に俺の部屋に来てくれ」

フロントを通り過ぎた朝倉は、エレベーターホール脇の階段を駆け上がった。

２

午前九時四十分、米海軍横須賀基地の正面ゲートに、白のフォード・エクスプローラーが停止した。

「ＩＤを提示してください」

ボックスから出てきた警備員が、運転席の前に立った。

ウィンドウが下がり、運転席の黒人男性が助手席の白人男性のＩＤとまとめて提示した。

「ありがとうございます」

ＩＤを受け取った警備員はボックスに戻り、ＩＤスキャナーに掛けた。軍のスキャナーを使うことができるＩＤということは、米国軍人か政府関係者ということである。

「やっと着いたな」

助手席の男が、大きな欠伸《あくび》をした。アラン・ブレグマン、クワンティコＮＣＩＳ本部から派遣された特別捜査官である。

「仕事はこれからですが」

ハンドルを握る黒人男性が苦笑した。ブレグマンの同僚で、同じく本部からやってきた特別捜査官ロベルト・マルテスである。

「確認がとれました」

警備員が二人のＩＤをマルテスに返すと、ゲートが開いた。

「ありがとう」

マルテスはＩＤを受け取ると、ＮＣＩＳ極東本部がある建物まで車を進めた。二人は石段を上がり、本部に入る。

「おはよう。ＮＣＩＳのブレグマン特別捜査官だ」

ブレグマンは受付のカウンターで再びＩＤを見せた。

「おはようございます。どうぞ」

受付の兵士は、ＩＤをチラリと見て左手を横に伸ばした。お互い儀礼的な挨拶である。

ブレグマンらのことは、すでにゲートの警備員から連絡がきているのだ。

頷いたブレグマンらはエレベーターに乗り、三階に向かう。この五階建ての建物は、南北に長く、中心部にある玄関から北側は海軍が使用しているので、ＮＣＩＳの関係者でも許可なく立ち入ることはできない。南側は三階まではＮＣＩＳと他の政府機関が間借りしており、四階から上は海軍が使用している。

三階でドアが開くと、いきなり事務スペースになっていた。パーテーションで仕切られ、百五十平米ほどの広さがある部屋にパソコンが備え付けられた机がいくつも並べられている。

「朝早くに着いたんだな、ブレグマン」

エレベーターの前にグレーのスーツを着た五十代の白人男性が立っていた。ブレグマンらは午前七時五十分に横田基地にＣ１７輸送機で到着していたのだ。

「ドジャー極東本部長、ご無沙汰しています。彼は同僚のロベルト・マルテス特別捜査官です。早々ですが、打ち合わせをお願いします」

ブレグマンはマルテスを紹介しながらドジャーと握手した。

「会議室に行こうか。事件を担当しているオコナーも呼ぼう」

ドジャーは中央の通路を歩き、途中でデスクワークをしていた男の肩を軽く叩いた。オコナーだろう。ドジャーは右側の壁にあるドアを開けた。〝ナンバー２〟とドアに記されている。〝ナンバー１〟と番号が振られた部屋と何も記されていないドアの隣りである。

真ん中の部屋はマジックミラー越しに二つの部屋を見ることができる監視室なのだろう。会議室といいながら、取り調べ室も兼ねているらしい。政府機関棟に入っているため、応接室を設置する余裕はないようだ。

部屋は十六平米ほど、中央にテーブルがあり四つの椅子が置かれてある。

「寛《くつろ》げるような部屋じゃないが、打ち合わせをするには充分だろう。紹介しよう。捜査を担当しているブルックス・オコナー、本部から来たアラン・ブレグマンとロベルト・マルテスだ」

ドジャーの紹介で三人はそれぞれ握手を交わすと、四人は椅子に腰を下ろした。

「さて、説明してもらおうか。私は副局長から応援を派遣すると直接聞かされたんだよ。通常はチームを派遣するのが常識じゃないのか。それとも、君らはスペシャルの上にエクセレントでも付くから二人でいいということなのかな？」

ドジャーは正面に座ったブレグマンを促した。特別捜査官は、「スペシャル・エージェント」と表記される。エクセレントと言ったのは、単なる皮肉である。

「一連の事件を本部では問題視しています。通常の捜査では解決できないと副局長は考えているのです」

ブレグマンはドジャーの皮肉を無視し、硬い表情で答えた。

「一連のと言われても、まだ、二件だ。たった二件で、シリアルキラーと言うのかね」

ドジャーが低い声で笑うと、オコナーも鼻から息を漏らした。

「二件！　横須賀で二件の殺人事件があったんですか？」

ブレグマンはマルテスと顔を見合わせると、舌打ちした。

「どういうことだ。君らは十一日の事件だけで、昨夜の事件もシリアルキラーだと予測したとでもいうのか？」

ドジャーが両眼を見開いた。

「馬鹿な。我々がクワンティコを出発したのは、二十二時間前ですよ。昨夜の事件など知るはずがないでしょう」

ブレグマンは首を振った。

「そっ、そうだった」

ドジャーが今度はオコナーと顔を見合わせた。

「十一日に殺害されたマイルズ・バルデスは、六年前の二〇一四年にイラクで任務に就いていた第一海兵師団第五海兵連隊の第一四八任務部隊に所属していました」

ブレグマンがドジャーとオコナーを交互に見ながら言った。

「ちょっと待ってくれ。ひょっとして〝ドリームチーム〟のことだろう？　まだイラクで任務に就いているのか」

ドジャーが口を挟んできた。

「〝ドリームチーム〟は、第一四五任務部隊です。彼らは統合特殊作戦コマンド指揮下にあるエリート部隊です。第一四八任務部隊は海兵隊から選ばれた兵士で構成された治安維持部隊でした。その部隊に所属していた兵士が、この半年間でバルデスも含めて六人も殺されています」

第一四五任務部隊はイラクのテロ掃討作戦のために臨時編成された部隊で、米国と英国の特殊部隊から選び抜かれた兵士で構成されていた。

「そんな話、初めて聞いた」

ドジャーは渋い表情で首を傾げた。

「第一四八任務部隊は、四年前にイラク駐留軍の大幅削減に伴い消滅しました。殺された六人はいずれも現在の所属が違っていたので、誰も関連に気付かなかったんです。ハインズ副局長を除いてではありますが」

ブレグマンが得意げに言った。ハインズは副局長となり、ＮＣＩＳの幹部となったが、数年前まではブレグマンの直属の上司だったため親しい関係にある。

「それでは、日本だけの事件ではないということなのか」

ドジャーは腕を組むと、天井を仰いだ。

「昨日、殺された兵士も、同一犯の仕業なら第一四八任務部隊に所属していた可能性があります」

ブレグマンは大きく頷いてみせた。

「なるほど、事情はよく分かった。だが、応援が二名という理由を教えてくれ」

ドジャーは姿勢を正した。

「理由は、日本で強力な助《すけ》っ人《と》を頼むからです」

ブレグマンはにやりと笑った。

3

午前十時、横須賀警察署、三階会議室。

朝倉を挟んで国松と中村、テーブルの対面には署長の宇野と刑事第一課の田端課長と星野が同時に席に着いた。

「うちに帳場は置かずに、このまま捜査は続行されるんですよね」

宇野は、会議の口火を唐突に切った。帳場とは捜査本部のことだ。

朝倉が国松らを呼び寄せたので、紹介がてら捜査会議を開きたいと申し入れた。そのため、身構えたのだろう。朝倉が特捜局として本格的に捜査をはじめるつもりかと懸念しているようだ。

「帳場を開くだけの理由がありませんから」

朝倉は肩を竦めて首を横に振った。宇野が心配するのは理解できる。特捜局は警察庁と防衛省が共同で運営する警察組織のため、県警よりも構造的には上部組織になる。朝倉の考え一つで捜査方針が変わると思っているのだろう。

「昨夜の事件を受けてベースでは二週間の外出禁止令が出されたと連絡が入りましたが、安全が確認されるまで命令は解除されないでしょう。そもそも最初の事件で米軍が対処していれば、第二の被害者は出なかったはずです」

田端が溜息混じりに言った。宇野に助け舟を出したつもりかもしれない。それに被害者が米兵だけに他人事のようだ。彼らも犯人は米兵だと思っているのだろう。もし米兵同士の殺し合いなら、警察だけでなく横須賀市民にとってただの迷惑な話というだけである。

「そうかもしれませんね。ただ、殺しの味をしめた犯人が、今度は日本人を襲う可能性は残されたままです。我々には、市民を守るためにも犯人を検挙する義務があります」

朝倉は淡々と言った。被害者が米兵で、捜査も縛りがあろうと殺人事件に変わりはない。事件が日本で起きた以上、犯人の検挙は他人任せにできないというのが朝倉の持論である。

「私が懸念するのも、そこなんです」

星野が声を震わせた。及び腰の上司の言動に耐え兼ねたのだろう。

「状況は私も分かっているつもりだ。だが、米軍が捜査資料の開示を拒否している現状で、我々はどうしたらいいんだね」

宇野が星野を窘《たしな》めるように言った。

「これまで通り、ＮＣＩＳに協力する形で捜査は進めます。地位協定がある以上、他に選択肢はありませんから。署長の慎重な姿勢も星野さんの苛立ちも分かります。しかし、我々の捜査も徐々に進展しているのも事実です。だからこそ、私は特捜局の捜査員を呼び寄せ、捜査を強化させようと思っています」

朝倉は星野に頷きながら言った。

「星野からは、防犯カメラに犯人が映っている映像はないと聞いています。聞き込みでは、最初に殺された米兵の足取りは摑めたようですが、犯人に繋がるものはない。また、第二の殺人に関してはまったく、目撃者はいないと報告が上がっています。それとも、特捜局ではＮＣＩＳから捜査資料の提供を受けたんですか？」

眉を寄せた宇野は、強い視線を向けてきた。さすがに署長になるだけあってそれなりに迫力がある。

「まず、現場で採取した煙草の吸殻ですが、科捜研で調べたところ両切りの煙草でした。煙草の葉の種類までは分かりませんが、日本で販売されているものではなさそうです。また、ペーパーからＤＮＡと指紋も検出されました。現段階では人物の特定はできませんが、犯人を検挙した際に有力な証拠となるでしょう」

「誰が採取したのだ。ＮＣＩＳに対する捜査妨害にならないのか？」

宇野が不安げな顔になった。

「事件を聞きつけた海上自衛隊の横須賀基地に勤務する警務隊員に、私が直接要請したのです。現場から少し離れていたこともあり、ＮＣＩＳは見逃したのでしょう。彼らの捜査の取りこぼしを採取したのなら問題はないはずです」

朝倉は涼しい顔で出まかせを言った。宇野の言動からすれば、星野が採取したことを告げたら彼の逆鱗《げきりん》に触れることは間違いないだろう。星野は宇野に分からないように朝倉に小さく頭を下げた。

「事件があった日に横須賀基地から派遣したのですか。恐れ入った」

宇野は苦笑してみせた。

「自衛隊の陸海空の警務隊に、特捜局は顔がきくんですよ」

にやりとした朝倉は、右隣りに座る国松に顎《あご》で振って促した。特捜局は小さな組織だが、陸海空の警務隊を束ねる中央警務隊の上部組織になるのだ。いざとなれば朝倉は直接命令することができる。

「十一日と十三日の両事件の現場に落ちていた吸殻の写真をご覧ください」

国松は足元のバッグから出したタブレットＰＣを立ち上げ、二分割された画面の写真を表示させた。左右にはそれぞれ吸殻の写真が拡大されている。ちなみに右が十一日で左が昨夜十三日に撮影されたものだ。

「この四本線は、何なんだ？」

宇野は画面に顔を近づけて首を捻った。どちらの写真にも長さが違う小さな四本の線が描かれていることに気が付いたのだ。

「科捜研と局のサイバー担当者に調べさせていますが、今のところ有力な情報には繋がっていません」

朝倉は両手を上げて見せた。単純な四本の線のため、どのような意味にも取れるのだ。

「喫煙者の験担ぎなのかな？」

宇野が自問するように小声で言うと、何度も首を捻った。

「意味はともかく同一人物が吸っていた煙草が、二つの事件現場に落ちていたことは事実です。そこから、犯人像は何パターンか推測できます」

朝倉は宇野の独り言を無視した。

「犯人は、少なくとも物証を残しても特定されない自信があるという気がします」

星野は控えめに言った。

「犯人は現場周辺の地理を事件前に下調べし、犯行時にはジャミング装置で防犯カメラの映像を妨害した。少なくとも馬鹿じゃない。星野さんの考えは正しいだろう。あえて物証となる煙草の吸殻を残したことから、絶対逮捕されないという自信家である犯人像が浮かび上がる。わざと残したとは考えられないか？」

朝倉は星野の目を見て尋ねた。

「わざと？　その真意が分かりませんが？」

星野は首を傾げた。

「あえてシリアルキラーだと当事者に知らせているのかもしれない」

朝倉は表情を消して説明した。シリアルキラーが米軍への挑戦状として吸殻を残しているのなら、事件は複雑化するだろう。朝倉が懸念しているのはそこである。

「当事者？　まさか、米軍にですか？」

星野が両眼を見開いた。

「そういうことだ」

朝倉は目を細めて頷いた。

4

午前十一時半、朝倉はどぶ板通りを一人で歩いている。所轄での打ち合わせは一時間ほど前に終えており、一旦ホテルに戻っていた。米兵が起こす事件で日本の警察が地位協定による制限を受けているため、所轄の事件に対する徒労感のようなものを改めて感じた。反対に星野のようにあくまでも米軍に挑もうとする熱血漢もいる。おそらくそれがこの街の縮図なのだろう。

朝倉は沖縄でも同じような経験をしている。戦後も幾度となく米軍によって生活を脅《おびや》かされる一方で、米軍基地によって生活の基盤を成り立たせている住民もいる。若い世代には、生まれた時から基地が存在するため、その違和感すら感じない者もいるという。それだけに米軍絡みの事件は、一筋縄では解決できないのだ。

打ち合わせをしたのは、捜査が進んでいるというアピールをするためだけではない。所轄の会議室を借りて捜査本部のようなものを作りたかった。だが、それを切り出す前に宇野から暗に拒否されてしまったのだ。仕方なく、宿泊しているホテルの一室を余分に借りて特捜局の作戦室にすることにした。経費が掛かるが朝倉の決裁でどうにでもなる。

朝倉は立ち止まり、二階建てのビルを見上げた。荒波と富士山が描かれた葛飾北斎《かつしかほくさい》の浮世絵〝神奈川沖浪裏〟を模した〝ＴＳＵＮＡＭＩ〟という看板の横に水色に塗装されたロボット〝鉄人２８号〟が立っている。もっとも、このロボットをＴＶアニメの主人公だとすぐ認識できるのは、朝倉の世代までだろう。

朝倉は店に入ってすぐ左手にある階段で二階に上がった。

通りが見下ろせる窓際のテーブル席に座る白人男性が右手を振ると、その隣りの黒人男性も笑顔を見せた。ＮＣＩＳのブレグマンとマルテスである。二人と会うのは二年ぶりになるが、北アフリカで生死を懸けた捜査をした仲だけに記憶の劣化はない。特にブレグマンとは友人と言っても差し支えのない間柄で、定期的にメールで情報交換もする。

二時間ほど前に突然日本に来たので会いたいと連絡を受けていた。彼らが来日した理由は分かっているので、二つ返事で了解したのだ。

「珍しく基地の外で打ち合わせか？」

朝倉はブレグマンの前に座ると、皮肉っぽく笑った。

これまでブレグマンとは何度か打ち合わせをしたが、彼の滞在先である米軍基地内のレストランを会合場所に指定されることが多かったのだ。

「横須賀ベースの知り合いに、この店のバーガーを薦められたんだ。俺たちはすでにロナルドレーガンを注文したぞ」

ブレグマンはメニューを指差した。

「へぇー、すごいな」

朝倉はメニューを見て唸《うな》った。

メニューに掲載されているバーガーだけでもおそろしく数が多い。しかも名前がユニークで、米軍原子力空母の名前を冠したバーガーや〝第七艦隊バーガー〟だの横須賀らしい。

「それじゃあ俺は、ジョージワシントンにコーラ」

朝倉は一番人気と書かれたバーガーを店員に頼んだ。

「オコナーとすでに会ったんだって？」

ブレグマンは浮かない顔で尋ねてきた。

「ああ、昨日会ったよ」

朝倉は淡白に答えた。オコナーは言葉とは裏腹に非協力的なため印象はよくないのだ。

「今回の事件に参加しているのなら、本部に連絡をくれればよかったのに」

ブレグマンは不満げに言った。

「それも考えたが、下手に本部から連絡が行けば、現地のＮＣＩＳの関係者の気を悪くすると思って遠慮した。いつも世話になるわけにもいかないだろう」

答えた朝倉は首を捻った。久しぶりに会ったにもかかわらず、ブレグマンが不機嫌だからだ。

「ブレグマンの機嫌が悪いのは、あなたを捜査の切り札にしていたからですよ」

二人のやり取りを見ていたマルテスが、笑いながら言った。

「意味がわからない」

朝倉は肩を竦めた。

「クワンティコからの応援に、たったの二人で来たのかと、極東本部部長のドジャーから皮肉られたんだ。だから、日本には強力な助っ人がいるから大丈夫だと言ってやったんだ」

ブレグマンは仏頂面で言った。

「そしたら、ドジャー局長が、『彼とはすでに協力関係にある。今のところ、役に立っていないがね』と言われてしまったんですよ」

マルテスはドジャーの物真似をしたらしく、わざと低い声で補足した。三年前に会った時は、彼は市警出身の新人だったが、ずいぶんと砕けた人間になったものだ。それだけ様々な経験をしたということなのだろう。

「役に立っていないは、よかったな。これは受ける」

朝倉は手を叩いて笑った。

「笑い事じゃないぞ。二人で来た理由は、経費の問題もあったんだ。それに一週間で成果を上げなければ、休暇は取り消しだとハインズ副局長から発破をかけられている。正直言って、君をあてにしてたんだぞ」

ブレグマンは頭を抱えてみせた。

「あてにしてもらうのは、大いに結構。犯人を見つけることは容易じゃないだろうが、まったく手がかりがないわけじゃない」

朝倉はポケットからスマートフォンを出すと、ブレグマンらに見えるように映像を表示させた。第一目撃者である村上が撮影した映像を戸田が、鮮明に見えるように画像処理したものである。フードのせいで目元は映っていない。口元が見えるだけだ。

「こっ、これは……」

ブレグマンは驚きの表情で顔を上げた。

「犯人は何かを被害者に話しかけている。口元を拡大したが、英語でないことは分かるが、どんな言語で喋《しゃべ》っているのかが理解できない。クワンティコのラボで解析したら分かるかもしれないぞ」

ＮＣＩＳ本部には、科捜研のようなラボと呼ばれる優れた研究室がある。言語の解析なら、科捜研よりもＮＣＩＳ本部のラボの方が期待できる。

「うちのラボには、この手の専門家がいる。映像をすぐに送るよ」

ブレグマンは自分のスマートフォンに映像をダウンロードした。

「お待たせしました」

店員が三人の料理を運んできた。どれもヘビー級の量がある。朝倉らは思わず顔を見合わせ、ニヤリとする。

「詳しい話は食ってからだ」

朝倉は巨大なハンバーガーに喰《く》らいついた。

5

ホテル〝ニュー・オーシャン〟七〇六号室、午後一時。

最上階の十八平米２ベッドルームだったが、ホテルに頼んでベッドは撤去してもらい、長机を二つと折り畳み椅子を六つ用意させている。

長テーブルには国松らが持ち込んだノートPCや鑑識の機材、それに通信機器などが並べて置いてあった。手狭ではあるが、捜査本部というより作戦司令室と呼んだ方がふさわしい装備である。

「とすれば、昨夜の被害者を含めて七人の米兵が殺害されたということか」

折り畳み椅子に座る朝倉は、沈痛な表情で言った。

「極東本部の連中と打ち合わせをするより、朝倉と話した方が、捜査は早く進みそうだ」

部屋にもとからあった木製の椅子に座っているブレグマンは、白い歯を見せて笑った。椅子は壁際の隅に置かれているので隣りにマルテスが窮屈そうに座っている。

どぶ板通りで昼飯を食べた三人は、徒歩でホテルまで来て情報交換を行ったところ、驚くべき事実が分かった。さすがに殺人事件の話を民間のレストランですることはできないということもあるが、ブレグマンらに場所を覚えてもらうつもりで連れてきたのだ。

「お待たせしました」

トレーに載せられたコーヒー入りの紙コップを、中村がブレグマンらの前にあるローテーブルにウエイターのように気取って置いた。国松は部屋が狭いため、気を利かして一階のラウンジで仕事をしている。

国松らは鑑識機材や通信機器だけでなく、コーヒーメーカーやコーヒー豆も持ち込んでいた。所轄に間借りするにしても、コーヒーを欠かさないようにするためである。いくら忙しいからと言って、インスタントや缶コーヒーは飲みたくない。唯一の贅沢《ぜいたく》とも言えた。

「殺された海兵隊員は、全員が第一四八任務部隊に所属していたのか。所属人数は、何人だったのだ？」

朝倉は中村から愛用のチタン製のマグカップを受け取り、コーヒーを啜りながら尋ねた。

「四個小隊で構成された中隊が二つ、大隊というほどじゃないが、隊長は中佐だった。一個小隊十二人で、隊長である中佐、中隊長である大尉も合わせて九十九人。そのうち、殺害されたのは全員Ａ中隊所属の第二小隊に所属していた」

ブレグマンはコーヒーの香りを嗅《か》ぎながら答えた。コーヒーは朝倉の好みでキリマンジャロにしている。インスタントでないことは香りで分かるはずだ。

「十二人中七人か。その第二小隊の連中は、誰かに恨みでも買ったのか？」

朝倉はマグカップを近くの長テーブルに置いて、腕組みをした。

「まだ理由は不明だが、第一容疑者は分かっている。というのも、昨日の事件も含めてほとんどの現場に煙草の吸殻が落ちており、同一人物の指紋とＤＮＡが検出されているからだ」

ブレグマンは得意げに答えた。

「何！　もう第一容疑者を特定しているのか？」

朝倉は腰を浮かした。

「イラク第一特殊作戦旅団、第二大隊に所属していたサード・サラーハだ」

ブレグマンは反対側の壁際に立っている中村をチラリと見て答えた。名前は今のところ部外秘なのかもしれない。

「イラク兵なのに、どうして特定できたんだ？」

朝倉はブレグマンに鋭い視線で問いかけた。

「イラクの特殊部隊は現在一万人規模だが、二〇〇三年の発足当時は、五百名程度で米軍とヨルダン軍の特殊部隊員が訓練をした。対テロ要員として一般の軍人の中から選び出したイラク人をさらに鍛え、米軍が管理すべく指紋やＤＮＡを登録させたのだ」

ブレグマンは言い辛そうに答えた。

「なるほど、鍛えただけに裏切って米国に牙《きば》を剝《む》かないように管理したわけだ。懲《こ》りない国だな」

朝倉は鼻先で笑った。米国は何度もこの手を使って失敗を繰り返している。アフガニスタンに侵攻したソ連軍に対抗させるべくＣＩＡはタリバンに大量の武器供与をした。結果、タリバンは強大な軍事力を持つようになり、ソ連がアフガニスタンを撤退した後には米国にその刃《やいば》が向けられた。米国へのしっぺ返しは、今も続いているのだ。

「まあ、そういうことだ。今回はそのデータが役に立った」

ブレグマンは渋々認めた。

「サラーハの詳しいデータをくれ。顔写真を局から警察に渡し、指名手配する。空港や港も厳重にチェックさせ、出国を阻止できる。はやく手配しないと逃げられるぞ」

「それが、凶器にサラーハの指紋が付いていないという理由で、参謀本部から待ったが掛かったのだ」

　ブレグマンは溜息を漏らした。参謀本部とは米軍統合参謀本部のことだろう。軍事戦略を立案し、米大統領をはじめとした米国の安全保障に関わる組織に対して助言することを任務とする米軍の最高組織である。

「馬鹿な。どこの現場にも彼の指紋とＤＮＡが残されていたんだろう？　何が問題になる？」

　朝倉は首を左右に振った。

「彼の指紋とＤＮＡは、捨てられていた煙草の吸殻にだけ検出されている。つまり、その場にいたかもしれないが、犯人ではない可能性があるというのだ」

　ブレグマンは肩を竦めた。彼も納得していないらしい。

「生ぬるいぞ。煙草の吸殻には、四本の線が描かれていた。あえて犯人だというメッセージを残しているはずだ。それも無視か？」

　朝倉は腕を組んでブレグマンを睨みつけた。

「何！　どうしてそこまで知っているんだ？」

ブレグマンが睨み返してきた。

「たまたま現場に駆けつけた時に写真を撮影したんだ」

朝倉は自分のスマートフォンに吸殻の写真を表示させた。

「写真の撮影だけでなく、回収したんだろう？　十一日の事件では、発見されていないと聞いている。犯人は君だったのか」

画像を見たブレグマンが舌打ちした。

「ＮＣＩＳの現地の捜査陣が見落としたのだろう。この四本線に何か意味はあるのか？」

朝倉はブレグマンを無視して指先で写真を叩いた。

「……犯人の験担ぎじゃないかと我々は見ている」

首を振ったブレグマンは頭を掻いた。

「験担ぎだとしても、何か意味があるはずだ。そっちで回収した証拠写真を見せてくれ」

朝倉は右手のスマートフォンを振って見せた。

「ギブ・アンド・テイクだからな」

渋い表情になったブレグマンは、自分のスマートフォンを操作した。

「犯行時の映像をテイクしたことを忘れたのか」

朝倉はふんと鼻息を漏らし、ブレグマンからのデータを受け取った。

6

クワンティコＮＣＩＳ本部、午後十時二十分。

本部副局長であるヘルマン・ハインズは自分の執務室を離れると、エレベーターホールに向かった。

「もう、こんな時間か」

エレベーターの呼び出しボタンを押したハインズは、腕時計を見て長い息を吐き出した。他の捜査機関と同じく、ＮＣＩＳ本部は二十四時間体制である。とはいえ、夜勤の人員は限られており、すれ違う職員はあまりいない。

エレベーターのドアが開いた。

ハンチング帽を被った銀髪の白人男性が乗っている。

「ハインズ、君も忘れ物を取りに来たのかね？」

男は右手の甲で銀縁眼鏡《めがね》のズレを直しながら尋ねた。鑑識ラボの責任者、ライアン・フェルドマンである。

「ドク、私はまだ仕事中です」

ハインズはエレベーターに乗り込んで制御パネルを見ると、フェルドマンの隣りに立った。行き先階は鑑識ラボもある地下二階である。ボタンはすでに押されていた。

「まだ、残業するつもりか？　例のシリアルキラーの件なら、残りの兵士は証人保護プログラムで安全なんだろう？　もう殺人事件も起こらないと思うが」

フェルドマンは右手で口を覆い、大きな欠伸をした。年齢は五十七歳だが、見た目は七十代の老人に見える。彼は先天的に弾性繊維《だんせいせんい》の変性や減少が生じる疾患《しっかん》、皮膚弛緩《しかん》症を患っていた。そのため、顔に皺《しわ》が多くたるんでおり、老人に見えるのだ。

皮膚弛緩症は内臓疾患の合併症を伴うことも多いが、フェルドマンは視力が弱いだけで身体《からだ》は至って健康である。

「残りの兵士は五人、その中の一人はすでに殺人とは関係なく死亡しており、残りの四人は証人保護プログラムが適用された。確かに、事件は起きないかもしれない。だが、肝心の犯人は捕まっていないんですよ。ドク、あなたこそ、遅くまでどうしたんですか？」

エレベーターのドアを見つめたまま尋ねた。

「三時間前に横須賀から送られてきた死体を、改めて解剖して遅くなったのだ。帰宅しようか迷ったのだが、腐敗が進むと分かることも分からなくなるからね」

フェルドマンは腰を右手の拳で叩いた。助手もつけないで一人で頑張ったに違いない。彼は優れた監察医であり、科学者でもあるが偉ぶったところはなく、若い監察医は先に帰宅させたのだろう。

地下二階に到着し、エレベーターのドアが開く。

「胸部を数ヶ所刺され、死亡したという被害者ですか。横須賀の海軍病院で死亡解剖されたはずですが、極東本部の報告書と何か違いはありましたか？」

ハインズはフェルドマンに続いてエレベーターから下りた。彼は科学鑑識課に行くつもりである。鑑識ラボは地下二階の東側、科学鑑識課は西側にあった。

日本の捜査機関である特別強行捜査局の朝倉から、ブレグマンを介して殺人の映像を手にしている。その解析を映像の専門家にさせていたので途中経過を知ろうと思ったのだ。

「一ヶ所だけ、気になる点がある。明日報告するよ」

フェルドマンは右手を上げ、ハインズに背を向けた。

「ドク、待ってくれ。悪いが、今報告してくれ」

ハインズは慌ててフェルドマンの前に立った。

「そんなに急ぐのか？」

立ち止まったフェルドマンは、ハンチング帽を取って頭を掻いた。

「報告と違うと言われたら誰でも気になるでしょう」

ハインズは苦笑した。

「分かった。ラボに来てくれ」

フェルドマンは手招きすると、廊下の奥へと進む。

監察室と記された両開きのドアを開け、フェルドマンは部屋に入った。

五十平米ほどの部屋で、中央に解剖用の手術台が二つ並んでいる。出入口と反対側の壁には、死体を保管する冷蔵庫のドアが六つあった。

フェルドマンはその内の一つを開け、スライド式の台を引いた。台の上には、胸をＹ字に縫合《ほうごう》されたマイルズ・バルデスの死体が載せられている。その胸部には無数の刺し傷が確認できた。

「胸部の刺し傷は全部で十二ヶ所あった。ちなみにこれが現場に残されていた凶器だ」

フェルドマンは、死体冷蔵庫と反対側にある棚からビニール袋に入っているナイフを取り出して見せた。

「被害者の所有物だった。折り畳み式のナイフである。全長百五十四ミリ、ブレード六十六ミリ、収納寸法は八十九ミリのコンパクトなフォールディングナイフだ。加害者は刃先を上に握り、下から突き上げるように刺したらしい。だが、右脇腹の一ヶ所だけ、他の傷口と符合しないのだ」

フェルドマンは、右脇腹の傷口を指差した。

「すみませんが、私にはよく分からない」

ハインズは傷口を覗き込み、他の場所と見比べて首を傾げた。

「このナイフは、サバイバルナイフなどではよくあるブレードの背にノコギリ歯が付いている。そのため、傷口はブレードの表と裏では切断された細胞組織の状態が違う。だが、この右脇腹の傷だけ、細胞組織の裂けた状態がほぼ同じ、つまりブレードの表も裏も同じ形状の鋭利なナイフで切り裂かれている。明らかに違う凶器が使われたということだ。しかも、傷の深さは二十ミリと浅い。犯人は自分のナイフで被害者を刺し、被害者が逆上して襲ってくるように仕掛けたんじゃないかな」

フェルドマンはメモ用紙を出して二つの傷口を図解した。

「ダガーナイフのように、双刃《もろは》のナイフということか。極東本部では、その違いが分からなかったということですね」

ハインズは二つの図を見比べて唸った。

「彼らは、海軍病院の医師に死亡解剖を依頼している。執刀するのは、優秀な外科医かもしれないが、傷の違いを理解できないんだよ。私と違って、死者と語らうような科学者ではないからな」

フェルドマンはふっと息を抜くように笑った。

「とすれば、犯行時は十一回刺したということか。……待てよ。ドク、ありがとう！」

両眼を見開いたハインズは監察室を飛び出し、エレベーターに乗って自分の執務室に戻った。デスクトップＰＣのキーボードを叩く。

画面にイラク治安部隊の二〇一五年の報告書がリストアップされる。さらに絞り込んで第一四八任務部隊の報告書を表示させた。

「『胸部を十一ヶ所刺されたイラク人が発見される』……これだ」

ハインズは報告書のページを指定し、プリントボタンをクリックした。

フェーズ４：死の翼

1

二月十四日午後二時、市ヶ谷防衛省特別強行捜査局。

戸田直樹は、局の西側の奥にあるパーテーションで囲まれたエリアで仕事をしている。三畳ほどのスペースにデスクと袖机《そでづくえ》が置かれ、その上に四台のモニターを備えたデスクトップＰＣとノートＰＣが設置されていた。

彼は警視庁に勤めていた頃、サイバー犯罪対策課に所属しており、ハッカーに対抗できる優秀なプログラマーとして活躍していたが、その腕を朝倉に見出《みいだ》されて特別強行捜査班に引き抜かれている。もっとも、特捜班に移行した後もサイバー犯罪対策課の仕事をこなしていた。

だが、班から局に昇格して大幅な組織変更が行われ、仕事場も防衛省に移った段階で警視庁の仕事はできなくなった。代わって自衛隊指揮通信システム隊隷下《れいか》にあるサイバー防衛隊の手伝いをしている。防衛省も彼の能力に、以前から目を付けていたらしい。忙しいのは相変わらずなのだ。

「進捗《しんちょく》はどうなんだ？」

佐野がパーテーションの上から覗き込み、手にしていた紙コップのコーヒーを差し出した。

「ありがとうございます。恐縮です。朝霞《あさか》に行かなくてもいいんですか？」

戸田はコーヒーを受け取ると、椅子を引いてキーボードから離れた。

一週間前に自衛隊の朝霞駐屯地の近くの路上で、自衛官の変死体が発見されるという事件があった。死因が不明のため、所轄から特捜局に応援要請があり、捜査警課は佐野を筆頭に捜査に駆り出されていた。

「まあな。だが、所轄の手伝いだから、言うほどでもないんだ。それよりも、親分は久しぶりの現場で張り切っているようだが、何か仕事を依頼されたんだろう？」

佐野はパーテーションに肘《ひじ》をついて尋ねた。親分とは朝倉のことである。朝倉は局長と呼ばれることを嫌っているため、職員はさん付けを使う者が多い。だが、中村が「ボス」と言うように警視庁時代から知っている者は「親分」とか「大将」とか親しみを込めて呼ぶ。

「ええ、二つの宿題を出されました。一つは殺害時の映像から犯人が何を話しているか調べるというものですが、さすがにこれは畑違いですし、皆目見当もつきませんので手をつけていません。もう一つは、犯人の遺留品と見られる煙草の吸殻に描かれた四本の線を調べることです。四十分ほど前に朝倉さんから過去の事件で回収された煙草の吸殻の写真も送られてきました」

戸田はメインで使っているモニターとその上のサブモニターに、すべての写真を表示させた。ちなみに残りのサブモニターはメインの左右に並んでいる。

「犯人がわざと現場に線を描いた煙草の吸殻を残したということか。まったく何の意味があるのだろうか？」

佐野はパーテーションを回り込み、戸田の後ろからモニターを見た。

「ＮＣＩＳでは、シリアルキラーの殺人を誇示する印というよりも単なる験担ぎと見ているようです。置き土産《みやげ》として煙草はショボイですからね。ただ、すべての吸殻に同一人物の指紋とＤＮＡが検出されていますので、置き土産としての役割はあります。しかし、朝倉さんは犯人からのメッセージがあるとお考えです」

戸田は首を振った。朝倉から与えられた謎《なぞ》解きでそうとう悩んでいるようだ。

「私も親分の意見には賛成だ。犯人は犯行の意味を知らせたいんだろう」

佐野は腕を組んで小さく頷いた。

「インターネットで様々な文献やデザインも調べたんですが、四本の線というだけでは絞ることも出来ないんですよ」

戸田は佐野から受け取ったコーヒーを啜った。

「インターネットは万能じゃないからな。これまで七人の被害者の殺害現場に残されていたらしいが、この写真は時系列に並んでいるのか？」

佐野はモニターを指差し、首を捻った。吸殻に描かれている四本の線は、写真ごとに大きさも違えば、右向きや左向きとばらばらなのだ。

「一応、上のサブモニターの左から順に並んでいます」

戸田は左手で上段の写真を示した。上のモニターには四枚、下のモニターには三枚の写真が表示されている。

「それじゃ、左、右、左、右と交互に続くのは、わざとなんじゃないのか」

「そうみたいですね。それも含めてＮＣＩＳでは、験担ぎと考えているようです。殺人のルーティンワークじゃないかと」

「画像は切り取れるか？」

佐野は右手を左右に振って言った。何かにぴんときたらしい。

「もちろん。切り取って、どうするんですか？」

「大きさを揃《そろ》え、四本の線の高さを合わせて並べて欲しい」

「了解です」

戸田は鼻歌まじりに画像処理ソフトを使って作業を進める。

「出来ました。……なるほど、対称ということは分かっていましたが、何か意味を感じますね」

「横に一列に並べると波のように見える。二本ずつなら逆立った髭《ひげ》のようにも見えるし、翼のようにも見えるなあ」

佐野は首を傾げたまま言った。

「翼……」

戸田が首を捻った。

「正確に言えば、翼の落書きかもしれない。殺人犯のシンボルなのかな。家紋だったりして」

佐野は苦笑いを浮かべながら言葉を並べた。

「翼！　殺人者！　もしかして」

佐野のキーワードに反応した戸田は激しくキーボードを叩き、画面に翼を拡げた鳥の形をした宝石を映し出した。

「これだ！　……見つけた気がします」

戸田は叫び声を上げ、右手で口を塞いだ。

「どういうことだ。さっぱり分からない」

画像を見た佐野は、肩を竦めた。

「今からご説明しますが、朝倉さんに同時に説明してもいいですか？　すぐに知らせた方がいいと思うんです」

戸田は画面のデータを並べ直しながら言った。

「構わんが、電話会議でもするのかね？」

「似ていますが、Ｗｅｂ会議です。今から朝倉さんを招待します」

戸田はパソコンのアプリをクリックし、Ｗｅｂ会議システムを立ち上げた。

——どうした？　緊急の用なのか？

モニターに朝倉の顔が映った。彼のスマートフォンにアクセスしているようだ。

「例の煙草の吸殻の四本線の意味が摑めたようなんです。私が調べたことを見てください」

戸田はマウスを使って、画面の片隅に煙草の吸殻の写真を切り取った画像と鳥の宝石を並べて表示させた。

——写真の説明をしてくれ。

朝倉も戸田のモニターの映像を見ているようだ。

「十字軍時代の話ですが、シリアのイスラム教ニザール派の中で「自己犠牲を厭《いと》わぬ者」という意味を持つ〝フィダーイー〟と呼ばれる武装集団がいました。彼らの勇猛果敢で暗殺も厭わぬ闘いに、十字軍は恐れをなしたそうです。それが、後に暗殺教団〝アサシン〟の伝説を生んだと言われています」

——アサシンなら聞いたことがある。そのタイトルのゲームは大ヒットしたな。俺は映画で見たことがある。その原型があったのか。

朝倉は頷いて見せた。

「近年、イラクでフィダーイーを名乗る暗殺集団がいるという噂があります。彼らは反米反政府活動をしており、米兵や政府関係者を暗殺します。一部のフィダーイーはイラク人を殺害した際に裏切り者として死体に左右対称の四本の線で描かれた翼をナイフで刻み込むそうです。あるいは、殺害現場にペイントで残すパターンもあるようです。さすがに死体の写真はネット上で見つけられませんでしたが、壁に残された翼の写真は見たことがあります。しかし、それも削除されてしまいました」

——それが、四本の線ということか。確かにナイフでも簡単に描けそうだ。その鳥の宝石はなんだ？

「古代エジプトのツタンカーメンの墓から出土した物です。これをモチーフにし、フィダーイーは死体の額に刻印を残すようです。彼らはそれを『死の紋章』と呼んでいるそうです」

——イラク人の暗殺集団が、どうして古代エジプトの鳥を象徴とするんだ？

朝倉は腕を組んで見ている。

「彼らが『王家の呪《のろ》い』を真似て、イラクを神聖な国家とし、それを汚すものは呪いによって死ぬとする理論です。ツタンカーメンの墓の入口には、『偉大なるファラオの墓に触れた者に、死はその素早き翼をもって飛びかかるであろう』と記されていたそうです」

——確か、墓の碑文はでたらめだと聞いたことがあるぞ。

朝倉は鼻から息を漏らして笑った。

「らしいですね。でも、彼らには関係ないようです。王家の呪いもフィダーイーもその復《ふく》讐《しゅう》の対象は、白人とその協力者です。彼らにとって目的が合っていればいいんじゃないですか、単なる推測ですが」

戸田は答えると、両手を軽く上げて首を横に振った。

——参考になった。ありがとう。報告書にまとめ、送ってくれ。

朝倉はＷｅｂ会議から退出し、画面から消えた。

2

ホテル〝ニュー・オーシャン〟七〇六号室、午後二時十分。

朝倉は短く息を吐き出すと、自分のスマートフォンをポケットに仕舞った。

戸田との打ち合わせは短時間だったが、意外な展開を見せた。

「何か、新しい情報でも入ったのか？」

Ｗｅｂ会議の画面に映らないように壁際に立っていたブレグマンが尋ねた。日本語は理解できないが、朝倉の微妙な顔の変化を嗅ぎ取ったに違いない。

「聞けば、ちょっと驚くかもな。コーヒーのお代わりはいらないか？」

朝倉は立ち上がると、テレビ台に載せてあるコーヒーメーカーに自分のマグカップをセットしてコーヒーを入れた。

「勿体《もったい》ぶるなよ。有益な情報があるのなら教えてくれ」

ブレグマンは傍らのマルテスと顔を見合わせた。

「勿体ぶっているわけじゃないが、さっき、君が言ったギブ・アンド・テイクというワードを思い出したんだ。それを忘れないというのなら、教えてやろう」

朝倉はマグカップを手に椅子に座った。

「しばらく見ないうちに太々《ふてぶて》しい男になったな。情報はお互い双方向ということで、捜査を進めよう。私はともかく、うちのボスは君を裏切らないことぐらい知っているだろう？」

ブレグマンは真剣な表情で答えた。

「分かった。犯人が残した煙草の吸殻に描かれた線画の意味が、分かったようだ」

朝倉は言葉を区切り、コーヒーを飲んだ。これまで、体力に任せてがむしゃらに働いて来た。だが、局長というポストを与えられてから行動を控えるようになった。意図した訳ではない。役職柄警察組織だけでなく他の政府機関の幹部とも会う必要があり、自《おの》ずと無茶ができなくなったのだ。それに政治的駆け引きも必要になったせいか、ブレグマンが言うように太々しくなったことは自他共に認める。

「本当か？」

ブレグマンは身を乗り出した。

「王家の呪いを気取ったフィダーイーと呼ばれるイラク人の暗殺者が使うらしい。彼らは死の紋章と呼ぶ、翼をモチーフにした印を使うそうだ。その形と煙草の吸殻の四本線が似ているらしい。左右の絵柄を合わせると、翼に見えるんだ」

朝倉は戸田の報告をかいつまんで教えた。

「フィダーイー？　初めて聞いた。すまないが詳しいテキスト情報を貰《もら》えないか？」

ブレグマンは首を傾げながら尋ねてきた。

「今日中に英訳したものを送る」

朝倉はコーヒーを飲みながら答えた。

「ありがとう。我々は退散するよ。基地のホテルにチェックインもしていないんだ」

ブレグマンは立ち上がった。

「無理な頼みだとは思うが、第二小隊の生き残りに会いたい」

　朝倉も立ち上がり、ブレグマンと視線を合わせた。

「残りの兵士は五人だが、一人は四年前に自殺しており、残りの四人はＦＢＩの協力を得て証人保護プログラムを受けている。今となっては我々も会うことはできない」

　ブレグマンは表情を曇らせた。

「彼らに尋問もしなかったのか？」

　朝倉はシルバーグレーの左目を見開いた。

「馬鹿にしないでくれ。同じ小隊から被害者が出たということで、当然生き残った者に嫌疑が掛かることぐらい分かっている。我々は彼らのアリバイを徹底的に調べ、四人とも嫌疑は晴れている。もちろん、どうして狙われたのかも聞いたが心当たりはないそうだ。私が尋問したわけじゃないがね」

　ブレグマンは不機嫌そうに答えた。彼は捜査記録や報告書などをしっかり読み込んできたようだ。だからと言って、尋問した捜査官が優秀だったという証明にはならない。

「自殺者を出しているのか？　理由は？」

　小さく頷いた朝倉は質問を続けた。

「事件に関係ないだろう。四年前に死んでいるんだぞ」

「同じ小隊の兵士が殺されている。犯人の殺人の動機は、小隊の兵士に理由がある可能性があるんだ。自殺の理由もそこにあるかもしれないだろう。もし、兵士側に社会的な問題があるのなら隠し通すはずだ。普通に尋問したところで、話すはずがない」

朝倉はふんと鼻息を漏らした。五年前、朝倉は特戦群の訓練で指揮官であった一等陸尉が死亡するという事故について捜査したことがある。彼らは一等陸尉の訓練中に起きた死の真相を隠すために偽証した。もっとも、彼らが口裏を合わせて嘘をついたのは、死んだ一等陸尉の名誉を守るためだったが。

「もし、小隊がイラクで問題ある行動を起こし、それが元で殺されたのなら彼らは絶対口を割らないだろうな」

ブレグマンは腕を組んで首を振った。

「なんとしても事件を解決したかったら、生存者を尋問することだ。それから、容疑者であるサード・サラーハの顔写真を要求する。なんなら政府に働きかけて、公式ルートを通じて要求することも出来るんだぞ」

朝倉はマグカップをテーブルに置き、ブレグマンに迫った。

「待ってくれ。要求は上層部に伝える。とりあえず、失礼するよ」

後退《あとじさ》りしたブレグマンは、マルテスを促して部屋を出て行った。

「大丈夫ですか？　あんなに脅して」

部屋の片隅に立っていた中村が苦笑している。

ポケットのスマートフォンが呼び出し音を奏でた。

「あれぐらい言わなきゃ動かないだろう。いいんだ。……うん？」

朝倉はスマートフォンを出し、画面を見て右眉を吊り上げた。ブレグマンの上司であるハインズからの電話だった。部屋を出た直後にブレグマンは、ハインズに電話を掛けたに違いない。

「久しぶりだな。少し、ブレグマンを脅しすぎたかな」

——ブレグマンに会って脅したのか。あいつはそうでもしないと働かないからな。

朝倉はブレグマンの慌て振りを思い出して笑った。

ハインズの気の抜けた笑い声が聞こえてきた。向こうは零時を過ぎた頃だ。幹部になっても働き過ぎているらしい。

「ちょっと待ってくれ。彼から私に連絡するように催促されたんじゃないのか？」

——何のことか分からないが、君に知らせたい情報があって電話をしたんだ。

ハインズはたまたまタイミングよく電話を掛けてきたらしい。

「すまない。私の勘違いだ。情報を聞こうか？」

——犯人だが、二〇一四年にイラクで起きた複数の殺人事件を模倣しているようだ。そのすべてが、第一四八任務部隊の報告書に載っていた。

「犯人は報告書にあった殺人事件を熟知しており、それを真似ているというのか。シリアルキラーなのに殺害方法が違っている理由がこれで頷ける」

――報告書のコピーをメールで送る。

「ところで、米軍統合参謀本部が、重要参考人であるサード・サラーハの顔写真を出すことを拒んでいるらしいじゃないか。何か裏があるのか？」

――その件は、私も局長に抗議したが、現段階ではどうにもならない。これは極秘事項だから他言無用だが、局長から聞いた話では米国政府は密《ひそ》かに中東での和平を推し進めているそうだ。そのため、証拠が不充分な状態でイスラム教徒に嫌疑を掛けることを避けているらしい。

トランプ政権はこの年の八月にイスラエルとアラブ首長国連邦の国交正常化を主導し、九月にはイスラエルと中東バーレーンの和平合意をも実現させることになる。イスラエルと長年の敵であったイスラム教の国家が和平に至るのは世紀の出来事であり、米国政府は長期にわたって水面下で動いていたことは言うまでもない。

「くだらない。政治絡みか」

朝倉は吐き捨てた。

――私も腹が立つ。もし、サラーハが真犯人だったら参謀本部に怒鳴り込んでやるつもりだ。だから、今回の捜査は私も積極的に関与するつもりでいる。事件が解決したら、クワンティコに遊びに来ないか？　またとっておきのバーボンをご馳走《ちそう》するよ。

以前クワンティコにある彼の自宅に行ったことがある。もっとも、遊びでクワンティコに行った訳ではない。

「そっちこそ。日本に遊びに来いよ。いつでも歓迎するぞ」

朝倉は笑顔で返したが、社交辞令になりそうだ。

――お互い忙しい身だ。どちらかが引退しない限り、難しそうだな。今、データは送った。

スマートフォンがメールの着信音を上げた。

「ありがとう。今度ゆっくり話そう」

朝倉は通話を終えると、メールに添付されたデータを立ち上げた。

3

午後二時四十分、朝倉は本町三丁目交差点に架かる歩道橋を渡っていた。

歩道橋と言ってもX字にクロスした遊歩道という感じで、右方向に進めばショッパーズプラザ横須賀に繋がっている。六月五日にコースカベイサイド・ストアーズという巨大なショッピングセンターにリニューアルオープンするため、昨年三月三十一日に閉店しており、現在は工事中のようだ。

三十分ほど前にハインズから、イラクで二〇一四年に起きた十二の殺人事件が記載されている第一四八任務部隊の報告書が送られている。どの報告書も事件の概要と現地の警察に協力したことが記載されていた。

強姦《ごうかん》殺人が二件、銃撃殺人が四件、撲殺殺人が三件、刺傷殺人が三件である。だが、紛争地だけに犯行現場の検証や聞き込みなど、捜査活動がなされたかは分からない。紛争地に殺人事件は珍しいことではないが、ハインズは今回の連続殺人事件を解く重要な鍵だと考えているようだ。

犯人に関する情報が急速に集まっている。だが、彼、あるいは彼らの行方を知る手がかりは何一つ得られていない。朝倉はここにいたって、犯人は単独犯でない可能性も考えているのだ。

第一四八任務部隊に所属していた米兵の六年後の部隊を知ることは、一般人では困難である。そもそも、六年後の現在も米軍に勤務しているとは限らない。

仲間に優秀なハッカーの存在があり、米国防総省のサーバーをハッキングしたというのなら別である。朝倉は連続殺人を成し遂げるには、情報収集に特化したグループか組織が関与していると睨んでいるのだ。

「くそっ！」

朝倉は舌打ちした。ハインズから犯人と目されるサード・サラーハの顔写真を入手できない理由を聞かされ、それが政治絡みと分かった。そのことを思い出し、腹を立てているのだ。犯人はすでにこの地を離れているだろう。日本にもいないかもしれない。そう思うと、苛立ちは募るばかりである。

作戦司令室としているホテルの一室に閉じこもっている気にはなれず、気分転換に海を見たいと思って外出した。朝倉はショッパーズプラザ横須賀の左手奥にある〝ＹＯＫＯＳＵＫＡ　軍港めぐり〟という看板を出しているカウンターの前に立った。

海上自衛隊と米海軍の基地がある横須賀港を巡る遊覧船のチケット売り場である。湾内を四十五分かけて廻《まわ》るクルーズで、海を見るのなら海上に出た方が気晴らしになると思ったのだ。天気は曇り空だが、雨が降る気配はない。

「十五時の便、一人」

朝倉はスマートウォッチを見ながら最終便のチケットを購入した。時刻は午後二時四十四分になっている。

「まもなく出港しますので、桟橋にお急ぎください」

受付の制服姿の女性は右手を上げて、奥の出口を示した。

朝倉はガラスドアを抜け、エスカレーターは使わずに階段を駆け下りた。数十メートル先に桟橋があり、すでに乗客は列をなして乗船を始めている。コロナが噂される中、観光に影響が出ていると聞いているが、軍港巡りは人気があるらしい。

「コロナ対策として、お手持ちのチケットはご自分で切り取り、半券を回収ボックスに投《とう》函《かん》してください。ご協力よろしくお願いします」

　桟橋に出ると、クルーズ船の職員がアナウンスしている。

　桟橋を渡って乗船した客は誰しもガラス張りの船室は素通りし、船尾にある階段を上がって展望デッキを目指す。むろん朝倉も迷うことなく屋根が付いたデッキに上がり、手すりの傍の席に座った。

　デッキの椅子はほぼ埋まったが、朝倉の周囲に座る乗客はいない。プロレスラーのように上背があり、オッドアイの異相を敬遠したのだろうか。マスクをしているので、目立たないと思っているのは朝倉だけかもしれない。

　遊覧船は定刻通り午後三時になると汽笛を鳴らし、桟橋を離れた。

「ご乗船の皆様、本日は日本全国でも珍しいクルーズ船、軍港巡りにご乗船いただき、まことにありがとうございます」

　遊覧船が後方に進んで方向転換すると、船首側のデッキに立つガイド役の職員がマイクを持って挨拶をした。

　遊覧船は海風を受け、湾を進む。右手は米軍基地、左手は海上自衛隊の基地だが、右手前の米軍側のドックに海上自衛隊の潜水隊群司令部があり、日本の潜水艦が停泊している。

「皆様、クルーズでご注意いただきたいことがあります。万が一、海に落ちてしまった場合は、右手の米軍側ではなく、左手の海上自衛隊基地に泳いで行ってください。間違って米軍基地に泳ぎ着くとパスポートが必要になりますので」

ガイドがジョークを交えながら湾内を案内し始めた。乗客はガイドの解説を聞きながらスマートフォンで風景を写真に納めている。

「むっ！」

朝倉は両眼を見開いた。遊覧船が横須賀本港を出て吾妻《あづま》島の沿岸に出たところで目の前の席にフードを被った男が、突然座ったのだ。サングラスを掛け、マスクをしているので顔は分からない。だが、手足が長い身体的特徴から日本人ではなさそうだ。朝倉が気が付かなかったということは、遊覧船が出港する直前に乗船したのだろう。

「英語は話せるか？」

男は少し訛りのある英語でいきなり尋ねてきた。

「初対面の人間には、ハローと言うものだ」

朝倉は顔色も変えずに英語で返した。

「場所を変えよう」

男は席を立つと、後部の階段を下りて行く。

朝倉は周囲を見回しながら男に続いた。他に怪しげな人間はいないようだ。

男は下の船室にある中央通路を進み、左舷《さげん》の座席に座った。船室に他の乗客はいない。

朝倉は男の前の列にある木製の座席に正面ではなく斜め横に座り、振り返った。

「おまえは、サード・サラーハか？」

朝倉は背もたれに右腕を乗せ、鋭い視線で睨みつけた。

「だとしたら、どうする？」

男はびくりとし、後ろめたいのかくぐもった声で聞き返してきた。否定しないところをみると本人なのだろう。

「認めるなら、下船して俺と一緒に来てもらおう」

朝倉は男から視線を外さずに答えた。

「断る。俺がしていることを日本人にとやかく言われる覚えはない。おまえが米国人と一緒に俺を探しているようなので、警告する」

サラーハはサングラスとマスクを外し、睨み返してきた。

「警告？　人殺しが何を言っている」

朝倉は鼻先で笑った。

「おまえには窓の外の光景がどう見えるんだ。米国に原爆を落とされて国土を焼かれ、今なお米軍が居座っているのだぞ。日本人はどうして米国に鉄槌《てっつい》を下さない」

サラーハは右手を後方に伸ばした。その先に米海軍基地がある。

「その答えは複雑だ。戦後七十五年経った今も、日本は敗戦国だ。それは国連という組織があり、戦勝国としての利権を貪《むさぼ》っている国が理事国に居座っている限り、変わらないだろう。だからといって米国を敵対視し、彼らにテロ行為をするのはあまりにも馬鹿げている。憎しみの連鎖を作り出すだけだぞ」

　朝倉は米海軍基地を見つめながら言った。

「憎しみの連鎖か。それを言うのなら米国に言うんだな。米兵は紛争地だからと犯罪の限りをつくしても、何の罪にも問われない。だから、俺がイスラムの教えに従って犯罪者を処罰している。これまで殺された米兵はすべて殺人犯だ」

　サラーハは拳を握りしめた。

「身勝手な正義だ」

　朝倉は首を左右に振った。犯人は二〇一四年にイラクで起きた殺人事件を模倣していると、ハインズは言っていた。サラーハはイラクで殺された十二人の被害者の復讐をしているようだ。

「おまえは米国の非道に目を瞑《つぶ》れと言うのか！　イラクに行って自分の目で確かめて来たらどうなんだ」

　サラーハは興奮し、声を上げた。

「米軍の犯罪者を断罪するのなら、どうして世界に向けてその罪を公表しないんだ？　犯罪者を殺せば、おまえもただの犯罪者に陥る。そんなことも分からないのか？」

イスラムの過激派組織ですら、インターネットを通じてその異常な思想を全世界に発信している。

「十二人の罪を公開したところで、彼らは罪に問われない。しかも、逃げられてしまう。現に四人の兵士の居所が掴めなくなっている。このままでは、殺された人々の無念は晴らせない」

「復讐、それがイスラムの教えか？　違う気がするがな。とりあえず、船が港に戻ったら同行してもらおうか」

朝倉はスマートウォッチをチラリと見た。船上にいるため、この男を取り逃がすことはない。二十数分後に遊覧船は桟橋に戻る。それまでに中村に連絡を取り、桟橋に所轄の警官隊を配置するつもりだ。

「誰がジャップに付き合うか。俺の邪魔をするな！」

サラーハはいきなり右の拳を叩き込んできた。

朝倉の左目は極端に視力が弱く、その死角を突いた攻撃だけにパンチを避《よ》けたものの体勢を大きく崩した。

「ぐっ！」

右肩に激痛が走った。サラーハの左手にいつの間にかナイフが握られている。パンチは左手のナイフを使うための牽制《けんせい》だったようだ。

「米国の犬め！」

サラーハは席を離れ、船室を出ていく。

「待て！」

朝倉も席を立ち、通路を駆けた。

サラーハは船尾デッキの手すりにもたれて立っている。

「貴様！」

朝倉はサラーハの左手に警戒しつつ迫った。

「むっ！」

殺気を感じて振り返った顔面に強烈な蹴《け》りが入る。別の男が気配すらなく背後から攻撃してきたのだ。朝倉は手すりを支点にバク転するように海に落ちた。

4

午後三時四十分、横須賀米海軍病院。

朝倉は一階の処置室で右肩の治療を受けていた。

軍港めぐりの遊覧船は、米海軍施設がある横須賀本港を出ると、吾妻島の北端沖を通って海上自衛隊司令部がある長浦《ながうら》港を巡り、吾妻島の南端に抜ける新《あら》井《い》堀割《ほりわり》水路を通って横須賀本港の桟橋に戻る。

朝倉はコースの中ほどで遊覧船から落とされた。朝倉が落下した場所は乗組員の死角になっていたらしい。船は停止することなくそのまま行ってしまった。

犯人たちは朝倉の落水を知られることなく、実行する自信があったのだろう。また、乗組員に見つからないような偽装をしていたに違いない。乗組員が安全管理を怠るはずがないからだ。

落水直後に実測できるわけではなかったが、波間で立ち泳ぎをしながら周囲を見渡した。吾妻島までは二百メートルほど、長浦港の海上自衛隊基地手前の深浦《ふかうら》湾の桟橋までは、一・一キロほど、横須賀本港の米海軍基地までは一・三キロほどありそうだ。泳ぎには自信があるので、大した違いはない。迷うことなく、海軍基地を目指した。

吾妻島は近いが米海軍の管理下にあり、泳ぎついたところで交通手段にも困る。それは深浦湾の人気のない桟橋に着いても同じことである。次の行動に移るのに時間が掛かるため、海軍基地を選んだのだ。

海軍基地の砂浜に泳ぎ着き、コンクリートの護岸をよじのぼったところで憲兵隊の兵士にＭ４を向けられた。どこかで海岸に泳ぎつく朝倉を見ていたようだ。身分を名乗り、遊覧船から落水したことを告げてＮＣＩＳのブレグマンに取り次ぐように要請した。ブレグマンとマルテスはニュー・オーシャン・ホテルで打ち合わせ後に基地に戻ると聞いていたのだ。

数分後に憲兵隊の車で駆けつけて来たブレグマンは、朝倉を海軍病院まで送り届け、現在に至る。

「抗生物質を処方します。一週間後に抜糸でまた来られますか？」

肩を四針縫った若い医師が尋ねた。朝倉が基地関係者でないため、気を遣っているのだ。

「ついでがあれば来るよ。とりあえず、急いでいるんで」

上半身裸の朝倉は、傍のビニール袋に入れてあるシャツとジャケットを手にした。傷口を見たブレグマンに無理やり、病院に連れて来られたのだ。朝倉にとって四針程度はかすり傷であり、糸は自分でも抜ける。

「海水で汚染されているので、それを着用しないでください。傷口から感染しますよ」

首を振った医師は医療用テープでビニール袋の口を縛り、朝倉にTシャツを投げ渡した。米兵に支給されるカーキ色のTシャツである。傷の痛みよりも冷たい海水に浸《つ》かって体を冷やしたので、正直言って乾いたTシャツはありがたい。

「イエッサー」

わざとらしく返事した朝倉はTシャツを着ると、処置室を出た。大袈裟《おおげさ》だと言いたかったが、医師に逆らうものではない。

「着替えた方がよさそうだな」

処置室から出て来た朝倉を見てブレグマンが、肩を竦めた。朝倉のズボンからまだ海水が滴《したた》っているのだ。

「それよりも、ちゃんと手配してくれたんだろうな？」

朝倉は傷の具合を調べるために、右肩をゆっくりと回しながら言った。傷の深さは三、四センチだろう。神経や筋を傷つけることはなかったらしい。

「大丈夫だ。間もなく遊覧船は桟橋に到着するが、海軍憲兵隊と日本の警察官が遊覧船の桟橋周辺にすでに張り込んでいる。逃すことはない」

ブレグマンは急ぎ足で病院を出た。すると、近くに停まっていた白いフォード・エクスプローラーが動き出し、目の前に停車した。

「朝倉、急げ！」

ブレグマンは助手席に乗って言った。運転席にはマルテスが座っている。

「分かっている」

朝倉が後部座席に飛び込むと、ドアを閉じる前に車は発進した。ブレグマンは助手席の窓を開けて、赤色回転灯をルーフに載せた。磁石で張り付くタイプだ。同時にマルテスはサイレンを鳴らす。おかげでゲートは検問をうけることなく開いた。

一分後、朝倉の乗るエクスプローラーは、ショッパーズプラザに隣接する駐車場に所轄の警察官に誘導されて停められた。すでに三台のパトカーが駐車場に並んでいる。桟橋がある埠頭《ふとう》まで車は入れないのだ。

「こちらです」

駐車場の片隅に立っていた白人男性が、手を振った。ＮＣＩＳ極東本部の職員なのだろう。

朝倉らは彼に従って護岸の遊歩道を走った。

スターバックスの脇を通り、護岸の角を右に曲がると桟橋が見えた。桟橋とその入口に二十人ほどの制服警官が並び、その後ろにＮＣＩＳの職員が数人立っている。

朝倉は桟橋に立つ警察官らを分けるように桟橋の先端に出た。ブレグマンとマルテスはＮＣＩＳの他の職員とともに岸壁に残った。所轄の協力を得ているために、目立たないようにしているのだろう。それに犯人の容疑は朝倉を襲撃したことであり、米兵殺しの容疑ではない。捜査の主導権は所轄にあった。

「朝倉さん、ＮＣＩＳから連絡を受けましたが、大丈夫ですか？」

星野が声を掛けてきた。彼が指揮しているらしい。

「どうってことない」

朝倉は右手をかざして湾内を見回した。

「肩から血が出ていますよ。それに船から転落したと聞いていますが」

星野が朝倉の右肩と顔を交互に見ている。Ｔシャツから血が滲《にじ》み出していた。縫合しただけで傷口が塞がった訳ではないのだ。

「列車から落ちるよりはましだ。それより、遊覧船は見えないが、遅れているのか？」

苦笑した朝倉は、腕のスマートウォッチを見ながら星野の横に立っている遊覧船の職員に聞こえるように尋ねた。時刻は午後三時四十九分になっている。職員は朝倉らを気にしながらスマートフォンで電話を掛けていた。

「さきほど、転落した乗客がいると本部に連絡が入り、遊覧船は長浦港で停泊しているそうです。本部から今連絡がありました」

職員は通話を終えると、質問に答えた。

「馬鹿な。転落したのは、俺だ。船を戻すように船長に連絡してくれ」

朝倉は自分を指差し、職員に迫った。

「えっ！　はっ、はい！」

職員は朝倉の剣幕に後退りし、慌てて電話を掛けた。

「本部と連絡を取ったところ、長浦港に入ったところで三人の男性が、船から飛び降りたのを乗組員が目撃したそうです。海上保安庁にも通報しました」

通話を切った職員が申し訳なさそうに言った。朝倉を襲った二人とは別にもう一人男がいたらしい。おそらく、乗務員の目をそらす偽装をしていたに違いない。

「くそっ！　逃げられたか。どこに泳ぎついたか分かりますか？」

「それが、百メートルほど泳いだところで小型のモーターボートに乗り込んだそうです。遊覧船は本部からの許可が出ましたので、まもなく出発するそうです」

職員は朝倉の顔色を窺いながら答えた。

「星野さん、容疑者は逃走したらしい。すまないが、海上保安庁に捜索するように改めて連絡してくれないか。俺はＮＣＩＳの連中と話をしてくる」

朝倉は星野の肩を軽く叩いた。

「我々は、どうしたらいいんですか？」

星野は栈橋の警察官を見て小声で尋ねてきた。大勢を引き連れて来たのに、手ぶらでは帰れないのだろう。

「念のために乗客を全員調べてください。私を襲った連中が落水したと思いますが、一人はアラブ系、もう一人の顔は見ていないが身長はどちらも一八〇センチ前後、見れば分かるはずだ」

朝倉は星野が頷くと、栈橋を渡って護岸に戻った。

「どうした？」

ブレグマンは怪訝な表情で尋ねてきた。

「ボートで逃げられた。海上保安庁に連絡済みだ。そっちも出すか？」

米海軍には、数人が乗船できるパトロール艇もある。横須賀港は米軍により航行制限が設けられており、米海軍の方が自由は利く。一方、長浦港は海自による航行制限があり、日本の艦船なら問題ない。

「とりあえず、横須賀港の捜索は依頼する。我々はどうしたらいい？」

ブレグマンが海を見ながら、渋い表情になった。

「捜査は、始まったばかりだ。慌てることはない。撤収するぞ」

朝倉は不敵に笑うと、駐車場に向かった。

5

午後五時二十分、横須賀米軍基地。

基地の商業エリアは東部と北部の二ヶ所あり、一般の兵士や基地内の住民向けの自動車修理・整備工場が北部商業エリアの海岸寄りにあった。

自動車修理・整備工場の一角にプレハブのオフィスがある。

「おまえたちは、なんて馬鹿なんだ！　この作戦をぶち壊す気か！　私がボートでおまえらをピックアップしなければ、全員捕まっていたぞ」

腕組みをしている迷彩戦闘服の男が、怒鳴った。男の階級章は大尉、年齢は三十代後半、スラブ系のアクの強い顔をしている。

スラブ系の男の前には、同じく戦闘服姿の三人の男が立っていた。三人ともアラブ系の顔立ちをしており、中央に立つのは朝倉にサード・サラーハと名乗った男である。階級章はサラーハが曹長、後の二人は二等兵であった。

「俺たちが捕まるはずはない。逃走する自信はあった。それだけ、俺たちは厳しい訓練を受けたからな。そんなことより、報復すべき米兵はまだ四人残っている。だが、証人保護プログラムを受けてもう二度と手が届かなくなったと聞いている。今の作戦はこれ以上、進めることはできないんだぞ。作戦を変更すべきだろう。ミスター・ジルコフ、あんたから何も指示がないから、俺たちで行動を起こしたんだ」

サラーハはそっぽを向き、ふて腐れた態度で言った。

「リーダーの言う通りだ」

右側の男が相槌《あいづち》を打つと、左側の男も頷いて見せた。

「まず言っておく。たとえ第三者がいなくても、私を基地内でジルコフと呼ぶな。おまえたちは大馬鹿ものか？　日本の警官を殺して何になる？」

ジルコフと呼ばれたスラブ系の男は、肩を竦めた。

「すまない、ミスター・ブラウン。俺たちはあのオッドアイの警官を殺そうとしたんじゃない。事件に興味を持つように仕向けたのだ」

サラーハは、荒々しく鼻から息を吐き出した。

「何？　ＮＣＩＳだけでなく、日本の警察に捜査させるようにしたのか。何て面倒なことをしてくれたんだ。我々の使命は、米兵の犯罪者を処刑し、米軍の非道を彼らに教えることなんだぞ。日本を巻き込んで、どうするんだ」

ジルコフは、サラーハの胸ぐらを掴んだ。

「米軍の罪を同盟国によって曝《さら》け出させるんだ。米国が最低の国家だということを世界中に教えてやるんだ」

サラーハはジルコフの腕を払って睨みつけた。

「イラクで職もなくふらついていたおまえたちを拾ってやったのは、私だぞ。私の命令通りに動けばいいんだ。証人保護プログラムが適用されるのは、予測していた。むしろ、それを望んでいたのだ。私の仲間が、あとの四人の居場所を探している。必ず、見つけ出すだろう」

ジルコフは、自信ありげに頷いて見せた。

「本当か？」

サラーハはジルコフに迫った。

「証人保護プログラムで匿《かくま》った罪人を処刑することで、米国の自尊心を傷つけ、これまで以上に貶《おとし》めることができる。我々が計画していた最終段階は、残された四人を殺すことだ。そこで処刑された連中の悪行をマスコミに流す。これまで極秘で処刑を行っていたのは、マスコミに計画を妨害されないようにするためだ」

　ジルコフは小さく笑った。

「それじゃ、ミスター・ブラウン、俺たちはこれまでと同じように米兵に紛れて輸送機で移動すればいいんだな？」

　サラーハは他の二人と顔を見合わせて遠慮がちに聞き返した。

「おまえたちは米国に行くんだ。それまで、この整備工場に隠れていろ。日本の警察に顔を見られたのなら、ここにいるのが一番安全だ。基地から絶対出るなよ」

　ジルコフはサラーハの肩を叩いて言った。

「勝手な行動をしてすまなかった。あのオッドアイの警官と話したが、俺たちのことを理解できそうにない。米国に虐《しいた》げられている日本人なら分かると思ったんだがな。あんたは知らないだろうが、アラブの国々では日本の評価は高いのだ。だが、甘かったよ」

　サラーハは溜息を吐いた。

「おまえの考えは甘いんだ。日本人はすっかり米国に洗脳されている。イスラム教徒の考え方など、分かるはずがないだろう！」

　ジルコフは吐き捨てるように言った。

「あのオッドアイの警官はどうする。俺は顔を覚えられてしまったぞ」

　サラーハは腕組みをして、顎の無精髭《ぶしょうひげ》を右手で摩《さす》った。

「それは、私に任せておけ」

ジルコフは自分の胸を叩いた。

6

午後七時半、横須賀警察署。

会議室を出た朝倉は、国松と星野と共にエレベーターで一階に下りた。

一時間前、朝倉はこれまで特捜局とＮＣＩＳで得られた情報を所轄の幹部に説明するため、資料を携《たずさ》えて国松とやってきたのだ。だが、犯人が朝倉を襲撃したことで、会議では報告よりも捜査本部を立ち上げようと所轄側から一方的に話が進んだ。

所轄はＮＣＩＳに気兼ねなく捜査できると、単純に考えてのことである。だが、犯人はそれを望んで及んだ犯行だと朝倉は考えていた。捜査本部を立ち上げてマスコミを賑わせば、犯人の思う壺《つぼ》である。捜査本部を立ち上げるのなら一切証言に応じることもなく、協力も拒むとあえて反対した。さすがにそこまで言われては所轄も引っこまざるを得ず、捜査本部を立ち上げずに所轄の刑事課だけで対処することになった。

「すみません。署長をはじめ、我々刑事課も犯人を挙げるチャンスと浮かれていました。しかし、被害者が身内というだけでなく、捜査責任者じゃ格好つきませんよね。捻くれたマスコミは、やらせと言うかもしれません。朝倉さんのおっしゃる通りなんです。ホテルまで送りますよ」

星野はエレベーターホールを正面玄関とは反対の方向に歩き出した。裏口から出たほうが、駐車場に近いのだ。

「俺たちは、歩いて帰るよ」

立ち止まった朝倉は、首を振った。所轄からホテルまでは二キロ弱、大した距離ではない。それに腹が減ったので途中で食事をするつもりである。夕飯を食べる暇はなかったのだ。

「そうですか。分かりました。明日の午前八時半に捜査会議が開かれますが、お迎えはよろしいでしょうか？」

星野は小さく頷いた。

「それも断る。ホテルには他にも客がいるんだ。民間人に、いらぬ気を遣わせたくないからな」

朝倉は右手を軽く上げると、玄関に向かった。本当は客ではなく、ホテルの従業員に対してだ。彼らも朝倉らが、ホテルを捜査で使っていることは承知だが、それを嫌っているようだ。

「了解です。警察は疎まれることもありますからね。それでは、明日もよろしくお願いします」

　玄関先の階段を下りたところで、星野は頭を下げた。

「うん？」

　朝倉は右眉を一瞬吊り上げると、頭を掻きながら階段を上がり、エントランスに戻った。

「忘れ物ですか？」

　星野が慌てて追いかけて来た。国松はさりげなく周囲を窺いながら付いてくる。朝倉の行動に何かを感じたのだろう。長年捜査官として働いているだけに勘が働いたようだ。

「署の向かい側の道路に以前見かけたブルーのバイクが停まっていた。勘違いかもしれないが、俺たちを見張っているような気がする」

　エレベーターホールまで戻った朝倉は渋い表情で言った。街灯に照らされたバイクは、記憶に残っていた型と符合した。ヤマハのＹＺＦ－Ｒ１５である。職業柄、車やバイクなどの乗り物の知識は豊富にあった。目撃した車の車種やメーカーや型番をすぐに認識できなければ、緊急手配することもできないからだ。

「本当ですか？」

　星野は振り返って玄関を見た。エレベーターホールから向かい側の道路の端は見えない。

「気のせいならいいんだがな。だが、襲撃されたことといい、俺は監視下にあると見るべきだろう。多少目立つから、敵にとって尾行するには都合がいいのかもしれないな」

「多少じゃ、ないですが」

国松が朝倉の言葉にいらない相槌を打って一人で笑っている。

「それなら、なおさら車で送りましょう。裏口から覆面パトカーを使えば、気付かれずに署を出ることができますよ」

星野は表情を曇らせた。

「一旦玄関から出た我々が、建物に戻ったことは監視役も分かったはずです。その後で覆面パトが出れば、我々が乗っていると怪しむでしょう。標準のパトカーでも同じですよ」

それまで黙っていた国松が言った。

「確かにそうだ。誰か私物でバイクを持っていないか？」

朝倉は正面玄関とは反対方向の裏口のドアを見て尋ねた。

「何人かはバイクで通っています。それから、黒バイも確か、予備が一台はあったはずです」

星野は首を傾げながら答えた。黒バイとは、交番用のバイクで125CCのバイクを採用している場合が多い。採用車両は都道府県警察によって違う。また、緊急車両ではないので、白バイと違ってサイレンは装備されていない。

「確か、神奈川県警の黒バイは、ヤマハのトリシティ125だったはずだ。足回りに問題はないが、目立つ。尾行には向かないな」

朝倉は腕組みをした。自分でバイクに乗り、監視役の男を追跡するつもりなのだ。トリシティ１２５は前輪が二輪の１２５ＣＣ三輪スクーターである。珍しいだけに、バックミラーで一度確認されたら尾行に気付かれるだろう。

「ひょっとしてバイクで尾行するつもりですか。それなら、交通課の真壁《まかべ》警部がカワサキのニンジャに乗っています。彼はあなたと一緒で大男ですから、ヘルメットも合いますよ。ちょっと待っていてください」

星野は一階のカウンター奥にある交通課に飛んで行き、課長のデスクに座っている男性から鍵を借りてきた。

「まさかの課長のバイクですか。扱いには気をつけた方がいいぞ」

国松が耳元で囁いた。

「分かっている」

星野から鍵をもらった朝倉は苦笑を浮かべ、裏口から駐車場に出た。

覆面パトカーはすでに用意されており、朝倉の代わりに星野が国松と後部座席に乗り込んだ。

バイクは建物の東側の壁に沿って五台ほど停められており、黒のニンジャがあった。

「黒か、いいね」

朝倉はバックミラーに掛けてあったフルフェイスのヘルメットを被ってバイクに跨《またが》り、

エンジンを掛けた。

国松らを乗せた覆面パトカーが動き出し、所轄の西側にある出入口から出て新港町《しんこうちょう》交差点の信号で停止した。直進の道は一方通行の出口なので、交差する１６号線に右折か左折することになる。

朝倉は出入口までバイクを出し、通りを覗いた。道路に身を乗り出してもＹＺＦ－Ｒ１５は見えない。所轄の車両の出入口は、よこすか海岸通りに面した南側と脇道の西側の二ヶ所ある。監視のライダーはどちらにも対処できる場所にいるに違いない。

信号が変わり、覆面パトカーは交差点を右折してよこすか海岸通りに入った。数秒後、ＹＺＦ－Ｒ１５が信号無視をして交差点を渡った。朝倉は黄色信号が点滅する中、右折してＹＺＦ－Ｒ１５のテールランプを追う。ＹＺＦ－Ｒ１５のドライバーは覆面パトカーに朝倉らが乗っているのか確認するために、信号無視してまで尾行しているのだろう。

朝倉はＹＺＦ－Ｒ１５の二十メートル、覆面パトカーの三十メートル後方を走っている。覆面パトカーはよこすか海岸通りから小川町交差点を直進し、１６号線に入った。

「むっ！　いかん！」

舌打ちした朝倉は、アクセルを開いた。ＹＺＦ－Ｒ１５のライダーが懐から銃を抜いたのだ。先端にサプレッサーを取り付けている。ライダーは覆面パトカーの左脇を抜けながら後部座席ウィンドウに発砲し、そのまま追い越して行った。

覆面パトカーは急ブレーキを掛けて停止する。

「死ぬなよ！」

朝倉はスピードを緩めて覆面パトカーを確認すると、アクセルを開いた。

7

カワサキのニンジャに跨る朝倉は、唇を噛《か》んだ。

襲撃された覆面パトカーの後部座席の割れたガラスから、星野が負傷しているのが見えた。後部座席右側に座っていた国松は無事だったようだ。また、運転手に怪《け》我《が》はない。非情ではあるが、パトカーは救援しなくても自力で助けを求めることはできると判断し、追跡を続行した。苦渋の選択だったが、あの場にいても救急車の到着を待つほかないのだ。

ＹＺＦ－Ｒ１５はスピードを上げ、本町一丁目交差点を赤信号で左折する。

朝倉も対抗車と接触しそうになりながらも交差点を曲がり切った。

特戦群時代にバイクの厳しい特訓を受けた。実際に役に立つかは分からないが、走行しながらアサルトライフルやハンドガンでの射撃訓練も受けている。演習場の荒れ地で行われたため何度も転倒し、怪我が絶えなかった高度な訓練だっただけに、バイクの技術は衰えていない。

ＹＺＦ－Ｒ１５のライダーが後ろを振り返り、スピードを上げた。

「気付かれたか！」

舌打ちした朝倉もアクセルを開く。

ＹＺＦ－Ｒ１５が、五百メートル先の横須賀中央駅前の巨大な三叉路《さんさろ》を赤信号で左折した。

「またか！」

朝倉も赤信号で突入する。正面から走って来たタクシーを避けて反対車線にはみ出し、後続のトラックを避けて左車線に戻った。

「くっ！」

バイクを立て直した際に、左サイドミラーを標識にぶつけて破損した。このまま二百六十メートル進んで１６号線を横切って一方通行の道を進めば、所轄の前に出る。

ＹＺＦ－Ｒ１５は１６号線を右折した。ライダーは地理を把握しているらしい。四百メートル先の緩いカーブを曲がらずに直進し、狭い一般道に入った。

「どこに行く？」

朝倉は首を捻りながらも追跡する。この数日で事件現場近くだけでなく、横須賀市の道路は頭に叩き込んだ。地理を把握するのは捜査の基本である。

ＹＺＦ－Ｒ１５は３ブロック先の交差点を左折し、次のよこすか海岸通りの交差点からいきなり右の歩道にある車止めの間を抜けてうみかぜ公園に入った。椰子の木が植えられた海辺の洋風庭園の公園である。ＹＺＦ－Ｒ１５はライトを消して減速し、迷路のような遊歩道に入って行く。植栽で見通しが悪く、夜間灯の明かりが届かない暗闇も多い。これでは人が走る程度のスピードしか出せない。

相手は自分の位置を悟られないように行動しているようだ。バイクを降りて待ち構えているかもしれない。朝倉も減速してライトを消した。

圧搾音《あっさくおん》。

遊歩道に入った朝倉の耳元で空気を押し潰すような音がし、直後に左で鈍い破裂音がした。バイクを倒して転がり、数メートル先にある煉瓦《れんが》の柱の陰に隠れる。サプレッサーを装着した銃で、銃撃されたのだ。ＹＺＦ－Ｒ１５のライダーは、邪魔が入らない場所で朝倉を殺すため、夜の公園を選んだに違いない。

木の形をした時計台を中心に古い煉瓦のアーチが円形に並んでいる。朝倉は東側のアーチの内側に隠れている。ＹＺＦ－Ｒ１５はその先に進んで左に曲がり、八十メートルほど先でヘッドライトは消えた。

ウエストガンホルダーからＳＦＰ９を抜き、スライドを引いて初弾を込めた。公園の駐車場は二十四時間営業なので、民間人が散歩している可能性もある。やたら銃を撃つわけにはいかないのだ。

——待てよ。ＹＺＦ－Ｒ１５の男が撃ったんじゃないぞ。

はっとした朝倉は、周囲を見回した。はずしたものの銃撃のタイミングと角度からして、前方の見通しが悪い場所に消えたＹＺＦ－Ｒ１５のライダーが撃ったとは思えない。

背後の暗闇が動いた。

朝倉は銃を向けた。前方でマズルフラッシュ。

「くっ！」

腹に衝撃。

位置を変えながら朝倉は連射した。人影は仰向けに倒れた。二発は当たったはずだ。

「くそっ！」

腹に左手を当てると、べっとりと血が付いた。人影を民間人と識別するために敵よりも発砲が遅れたのだ。

銃を構えて柱の陰を出ると、遊歩道を東に進んだ。

「きゃあー」

女性の悲鳴。

朝倉は遊歩道を走った。突き当たりにウッドデッキのような広場があり、その片隅に若い男が倒れている。呼吸はしているが右胸を撃たれており、危険な状態だ。

「助けて！」

再び女性の悲鳴が聞こえる。東の方角だ。暗闇に建造物の輪郭があり、その向こうである。

「そういえば、確か」

この公園には明治時代に煉瓦とコンクリートで造られた〝第三海堡遺構大型兵舎〟跡があると聞いたことがある。右前方に見える建物がそうなのだろう。

朝倉は二十メートル進んで、兵舎跡を囲むフェンスの南側を伝って歩く。

「なっ！」

フェンスの東側に進むと、兵舎跡の北側にヘルメットを被った男が、女性を羽交いじめにしている。

「女性を解放しろ！」

朝倉は男に銃を向けた。男との距離は五メートル。これ以上近付くことはできない。

「銃を捨てろ！　女を殺すぞ！」

男は英語で叫ぶと、銃口を女性のこめかみに当てた。

「……分かったから、女性を解放しろ」

朝倉は腰を屈《かが》めて地面に銃を置き、ゆっくりと立ち上がった。

「死ね！」

男は女性を突き飛ばすと銃口を向けてきた。

朝倉は横に飛び、空中で右手を振った。

「げっ！」

男は銃を落とし、右肩を押さえた。朝倉が投げた小型ナイフが深々と刺さったのだ。朝倉は刃渡り九十七ミリ、全長二百二十一ミリのアダマスの折り畳みタクティカルナイフをオープンの状態で足首に固定していた。これは特戦群で隠密行動する際の裏技として習ったことである。

だが、男はすぐさま左手で銃を拾うと発砲してきた。

朝倉は頭を下げて走り、銃を拾うと銃撃しながら兵舎の陰に転げ込んだ。

バイクのエンジン音。

「ちっ！」

舌打ちした朝倉はフェンスの端から飛び出し、走り去るバイクに向かって発砲した。だが、猛スピードで走り出したライダーには当たらなかった。

「ちくしょう！」

大声で叫んだ朝倉は、傷口を押さえて膝を突いた。

フェーズ５：反撃

1

横須賀中央病院、午後九時五十分。

朝倉は四階の個室のベッドに点滴を打たれて横になっている。

ＹＺＦ－Ｒ１５の追跡を諦《あきら》めた朝倉は、救急車を呼ぶと同時に所轄に連絡した。また、犯人に銃撃された男性の救護を人質となった彼女に手伝わせた。パニック状態になっていたが、負傷した恋人を見て冷静さを取り戻したらしく、朝倉の指示通りに傷口をハンカチで圧迫して懸命に止血していた。

腹部を銃撃された朝倉は駆けつけた救急車で、負傷した男性とともに最寄りの横須賀中央病院に運ばれた。朝倉は銃弾が腹部を貫通していた。二時間の手術を終えてさきほど病室に運ばれてきたばかりである。

医師の話では銃弾で小腸が部分的にちぎれていたため、切断して縫合したらしい。しばらく食事はできないが、内臓とはいえ怪我と同じなので数日で軽い食事もできるようになるだろう。また、一緒に運び込まれた男性も銃弾が右肺を貫通したようだが、命に別状はないらしい。

ドアがノックされ、中村が入ってきた。医師に面会の許可を得たのだろう。

「お話ししても大丈夫ですか？」

中村は出入口近くに立ったまま遠慮がちに尋ねた。

「俺に気を遣うな。報告してくれ。星野さんが心配だ」

朝倉はちらりと中村を見ると、天井を見つめた。彼はそのつもりで手術が終わるのを待っていたのだろう。

「犯人は覆面パトカーに向かって三発銃撃しており、そのうちの二発が星野さんの腹部と胸部に命中しました。星野さんは意識を失ったまま現在も市内の病院で手術が続けられています。手術後の容態は、病院で待機している所轄の警官から連絡を受けることになっています。また、国松さんは、左肩を六針縫う怪我で済んだようです」

中村は暗い表情で答えた。

「星野さんの容態が分かったらすぐに教えてくれ」

朝倉は眉間《みけん》に皺を寄せた。

ＹＺＦ－Ｒ１５のライダーを追跡するために覆面パトカーを囮《おとり》にすることを決めた際、

星野は朝倉の代わりに後部座席に乗ると志願した。覆面パトカーは窓ガラスにフィルムが貼《は》ってあるために車内は見辛いのだが、彼はそれでも後部座席に二人乗った方がいいと主張したのだ。

まさか銃撃されるとは思ってもいなかったため許可したのだが、犯人の凶悪さを考えるべきだった。星野の負傷は、あきらかにリスクマネジメントが出来ていなかった朝倉の責任である。

「緊配はしてあるよな」

朝倉は天井を見つめたまま尋ねた。これまで、死を覚悟するような怪我も何度となく経験している。今回の怪我も、全身に残る数ある傷痕《きずあと》の一つに過ぎないため気にも留めていない。だが、自分の判断ミスで仲間の命を脅《おびや》かしたことで、正直言ってかなり落ち込んでいる。

「所轄ですぐに手配されました。要所で検問が行われ、バイクというバイクはすべて止められて職質を受けているそうですよ」

警察官が襲われて瀕死《ひんし》の重傷を負わされた。警察にとって、これほど屈辱的で腹立たしいことはない。県警は総力を持って緊急配備をし、犯人の検挙に全力を上げているだろう。

「俺が倒した男の身元は分かったか？」

朝倉は負傷した男性の救護を優先したため、倒した男のことは所轄に連絡しただけで確認していない。さすがに腹部を撃たれていたために現場に戻ることはできなかったのだ。

「そっ、それが、所轄の警察官が現場に駆けつけた時には、犯人はいませんでした。血痕が残っていたそうなので、犯人は自力で立ち去ったのでしょう」

　中村は肩を竦めて首を振った。

「馬鹿な！　俺は少なくとも二発は、やつにぶち込んだんだぞ。立ち上がることもできなかったはずだ」

　朝倉は眉を吊り上げた。中村には倒したと言ったが、確実に殺したと思っている。一人で移動できるはずがないのだ。

「今、所轄の鑑識が入っています。何か分かるかもしれませんよ」

　中村は淡々と言った。朝倉の顔色が変わっても態度を変えない。ベッドから距離を取っていることもあるが、手術直後で動けないと安心しているのだろう。

「現場に行くぞ。俺が現場検証し、手掛かりを探すんだ」

　朝倉は左手に刺さっている点滴針を医療テープごと抜いた。

「なっ、何をしているんですか！」

　中村が慌てて朝倉の肩を押さえつけた。

「馬鹿野郎。手を離せ。痛《いて》て」

　上半身を起こしただけで腹部に激痛が走った。さすがに歩くことは難しいようだ。

「言わないこっちゃない。おとなしくしててくださいよ。まったく、点滴まで外しちゃってしょうがないなあ」

中村はぶつぶつ言っている。この男は元来朝倉を上司と思っていない。

「車椅子を持ってこい」

「そんな、無茶を」

中村は顔の前で掌《てのひら》をひらひらと振った。

「現場検証は、事件の当事者が行くのが当然だろう」

朝倉は中村の首を摑んで力を入れた。

「……わっ、分かりましたよ」

中村は真っ赤な顔をして朝倉から離れた。多少首を絞めてやった。パワハラかもしれないが、彼にはこの程度でちょうどいい。

「見つからないようにするんだぞ。分かっていると思うが」

朝倉は右手を払う仕草をした。

「はい、はい」

中村はふてくされた表情で出て行った。

「くうー、痛えなあ」

ベッドから足を下ろすと、腹部の激痛が脳天にまで届いた。

「お待たせしました」

病室のドアが開き、中村が車椅子を押して入ってきた。ドアを閉めるのにわざとらしく廊下を窺っている。

朝倉はしかめっ面をしながら下着のシャツの上から直接ジャケットを着た。片腕を袖に通すだけでも、脂汗《あぶらあせ》が流れてくる。

「俺の銃はどこにいった？」

朝倉は室内を見回したが、ＳＦＰ９はなさそうだ。

「私が預かっています。といっても、車のトランクに入れてありますが」

中村は車椅子をベッド脇まで押してきた。

「肩を貸せ」

朝倉が左手を上げると、中村が右肩で担ぐように潜り込んできた。

「くっ」

朝倉は激痛に耐えながらも車椅子に腰を下ろした。

「ちょっと待ってくださいよ。大丈夫かな」

中村は病室のドアを開け、恐る恐る廊下を窺った。

「いいから行くぞ！」

車輪を自分で動かした朝倉は、苦痛に頬を引き攣《つ》らせた。

2

午後十時十五分。

車椅子に乗った朝倉は、うみかぜ公園の中央に位置する円形花壇の西の端にいる。煉瓦で出来たローマ風のアーチが円形に配置され、それを中心にパズルのような不定形の花壇が配置されているため、遊歩道は迷路のようになっている。

この円形花壇と第三海堡遺構大型兵舎跡周辺に、八人の鑑識官が派遣されていた。朝倉の他にも男性一人が銃撃され、その上女性が犯人に人質にされたという事件にしては鑑識官の人数は少ない。というのも、覆面パトカーが銃撃された１６号線にも同時に鑑識官が派遣されているからである。事件が凶悪ということもあり、県警本部からも応援が来ているがまだまだ人手が足りていない。

「国松さんが到着しましたよ」

車椅子の後ろに立っている中村が言った。

振り返ると、国松が大きなスーツケースを引っ張りながらやってくる。彼には鑑識道具を一式持ってくるように指示しておいた。公園の西側にある駐車場に車を停めてきたのだ。

「お待たせしました。病院を抜け出して大丈夫ですか？」

国松は強張った表情で近付いてきた。怒っているのかもしれない。彼自身負傷してホテルで休んでいるところを呼び出している。

「大丈夫と言いたいところだが、今日は歩き回ることは、控える。俺の代わりに、おまえと中村が、手足となってくれないか。とりあえず、鑑識のリーダーを呼んできてくれ」

朝倉は苦笑を浮かべて答えた。病院のベッドから車椅子に降りる時もそうだったが、車の乗り降りも激痛に襲われた。だが、捜査を進展させる手っ取り早い方法は、目撃者が現場に足を運ぶことである。所轄の星野のことも考えると、じっとしていられないのだ。

「了解です」

渋い表情で頷いた国松は、スーツケースを置いて規制線テープの前に立っている制服警察官に朝倉の用件を伝えた。

制服警察官はすぐに、私服の中年の警察官を連れてきた。年齢は四十代半ば、県警本部の初動捜査班の刑事なのだろう。

「作業中にすみません。特別強行捜査局の朝倉です。犯人が発射した弾丸は発見できましたか？」

朝倉は車椅子に座ったまま挨拶した。

「県警本部刑事課の本田《ほんだ》です。銃弾はまだ発見できていません。といいますか、正直言って犯行の状況が分かっていないので、血痕の周辺を調べるのが精一杯です」

本田は小さく首を振って見せた。

「当事者である私が、事件を再現した上で作業を進めた方が、無駄は省けます。現場に入る許可をもらえますか？」

朝倉は頭を下げた。

「大歓迎です。しかし、朝倉局長は銃撃されたと聞いていますが、大丈夫ですか？」

本田は車椅子を見て首を傾げている。朝倉の身分は知っていたようだ。

「特捜局で扱うのは、凶悪事件ばかりです。銃撃戦も何度も経験しています。怪我はつきものですから」

朝倉はわざと声に出して笑った。腹筋を使ったが耐えられる範囲の痛みである。病院を抜け出す前に痛み止めを飲んでいた。多少は効いているようだ。

「日本の警察官の大半は、拳銃を使うような事件に遭遇するのはごく稀《まれ》です。特捜局は名前通り、特別なんですね。あなたに、現場を仕切っていただければ、ありがたいです」

両眼を見開いていた本田は、深々と頭を下げた。

「私がこの現場から得たい物証は、犯人が残した銃弾、それと、犯人の逃走を助けた、あるいは運び去った人間の痕跡。血液はすでに採取されましたよね。ＤＮＡサンプルも欲しい。指紋の採取もできればいいが、犯人はプロです。おそらくできないでしょう」

犯人がプロである以上、現場からは血痕以外は何も採取できないだろう。

「分かりました。どうぞ、こちらに」

頭を上下に振った本田は遊歩道を進み、規制線テープを上に持ち上げた。

中村は朝倉の車椅子を押して規制線テープを潜った。

「私は犯人の乗ったＹＺＦ－Ｒ１５を追って遊歩道に入りました」

朝倉は右手にＬＥＤライトを握り、横倒しになったままの黒のニンジャを照らした。借りた交通課の課長には申し訳ないが、証拠品なので動かせないのだ。

「銃弾は右方向から飛んできたので、私はバイクから飛び降りて煉瓦の柱の裏に隠れました」

今度はＬＥＤライトを煉瓦の柱の後に向けた。

「マズルフラッシュを見たのですか？」

本田はすかさず質問してきた。

「いいえ、銃弾の着弾音が、左手にある煉瓦の柱でしたので、私は狙撃犯が右手方向にいると判断したのです。おそらく犯人は右手にある木陰に潜んでいたのでしょう。銃弾は左にある煉瓦のアーチにめり込んだか、あるいは跳ね返って近くに転がっているはずです」

朝倉はＬＥＤライトで、右手の樹木と左手の煉瓦のアーチを順に照らした。どちらも鑑識官の姿はない。朝倉が頷くと国松が、鑑識用の白手袋を嵌《は》めて煉瓦のアーチの下に向かった。

「なるほど」

本田は国松を目で追いながらメモ帳に書き込んでいる。

「私は咄嗟《とっさ》に煉瓦のアーチの内側に駆け込みました」

朝倉は中村に車椅子を押すように指示した。撃たれた時は数メートル先に転がり込んだ気がしたが、バイクからは十数メートルの距離があった。冷静のつもりだったが、気が動転していたらしい。もっとも冷静に判断していたら、銃撃してきたのはバイクのライダーでないことはすぐに分かったはずだ。

「とすると、朝倉局長は、待ち伏せされたんですね」

「そういうことです。血痕の場所に案内してください」

朝倉は本田を促した。

本田は煉瓦のアーチの内部の広場に入り、中心にある木の形をした時計台の前で立ち止まった。

「すみません。作業は一旦中止し、明日の早朝に再開する予定ですのでこちらからご覧ください」

さすがに現場を車椅子で荒らされたくないと思ったのだろう。また、投光器で現場を照らしているが、真昼のように明るくなるわけではない。鑑識作業を改めてするのは当然である。

朝倉らが近付いてきたので、作業をしていた鑑識官が立ち上がった。五メートルほど離れているが、彼らの足元にかなり大きな血痕が残っているのが見える。ちなみに朝倉が事件当時にいた場所は、広場の中央にある木を象った時計の四時の方角で、銃撃犯は十時の方角にいた。

「無理を言ってすみません。私は犯人に二発の銃弾を撃ち込んでいます。血痕が示す通り、致命傷だったでしょう。一人で移動できないはずだ。引きずった跡はありましたか？」

「ありませんでした」

本田は首を横に振った。

「銃撃犯を手際良く連れ去ったのなら、少なくとも二人の男が運んだと見るべきでしょう。一人じゃきついですから」

朝倉は目を閉じ、当時の情景を頭に浮かべた。ＹＺＦ－Ｒ１５を追って公園にバイクで侵入したが、朝倉がどの遊歩道を通るかは決まっていたわけではない。三人、ないしは四人の男を公園に配置して待ち構えていたのだろう。だが、この辺りに監視カメラはない。

「本田さん、すまないが駐車場の出入口まで連れて行ってくれませんか？」

朝倉は本田に頼むと、中村に国松と一緒に作業するように指示した。

「ええ、いいですよ」

本田は気軽に答えると、朝倉の車椅子を押して円形花壇の遊歩道を出た。

円形花壇の西側にうみかぜ公園前交差点に通じる道路があり、公園駐車場のゲートがある出入口となっている。

「やはりそうか」

朝倉は駐車場出入口が見える場所まで出ると、ゲートボックスなどを見て呟いた。

「どうしましたか？」

本田は尋ねると、メモ帳を出した。

「ゲートボックスに監視カメラがある。だから、おそらく出入りする車のナンバープレートも確認できるでしょう」

「もちろんです。すでに公園を管理している市にデータの提供を要請しています。犯行直後に出入りした車はすぐ分かるはずです」

朝倉の問いに本田は、即答した。

「すまないが、もう少し付き合ってください」

首を捻った朝倉は、本田に車椅子を押してもらい、公園の海側の遊歩道に出た。一・二メートルほどの高さの柵が設けられた護岸が、公園だけでなく隣りにある大型ショッピングモール側まで繋がっている。見通しが良く、潮風が吹き抜けて気持ちいい場所だ。

「ここは遊歩道に整備された場所で、護岸が四百メートル続いています。今日はいませんが、けっこう夜釣り客もいるようですよ」

　本田は現場周辺のことをよく知っているらしい。

「犯人グループの逃走経路は、二パターンあります。一つは車で駐車場出入口から出ていった。もう一つは、船外機付きボートで護岸から出た。前者なら駐車場の監視カメラに映像が残っているでしょう。後者なら護岸に監視カメラはないので、目撃者頼りだ」

　朝倉は暗い海を見ながら言った。遊覧船で朝倉を襲った連中は、小型ボートで逃走している。今回もボートを使ったとしても驚くことではない。

「なんと、海から脱出というパターンは誰も考えてなかった。もし、ボートで脱出したのなら、大変ですよ」

　本田は慌てて自分のスマートフォンで電話を掛けた。本部に掛けているのだろう。

「敵は一枚上手かもしれないな」

　朝倉は本田の慌て振りを見て舌打ちした。

3

　翌日の午前九時四十分、夜明け前に降り始めた雨で横須賀は濡《ぬ》れそぼっている。

　白いハイエースが１６号線の田浦《たうら》町五丁目交差点を右折し、道なりに進んで自衛隊横須賀病院の駐車場に到着した。

運転席から降りた中村が後部座席のドアを開け、折り畳まれていた車椅子を取り出した。

「着きましたよ。ボス。手を貸しましょうか？」

中村は、車椅子を引き伸ばしてドア下に置いた。

「大丈夫だ。むう……」

朝倉は後部座席からゆっくりと降りると、息を吐きながら椅子に腰を下ろした。

横須賀中央病院から二日後に転院することになっていたのだが、少々予定が早まった。昨夜勝手に病院を抜け出したことを病院長に咎《とが》められて体よく追い出されたのだ。

「まるで、じい様ですね」

中村が車椅子を押しながら笑った。

「おまえをＭ４で、撃ちたい」

苦痛で眉を寄せた朝倉は呟いた。手術直後に動いたために傷口が開いてしまい、真夜中に再手術を受けている。だが、無理した甲斐《かい》あって朝倉がうみかぜ公園の現場で指摘した通り、監視カメラを調べた結果、犯人らは車で移動したのではないことが分かっている。

「何か、おっしゃいました？」

中村はわざとらしく聞いてきた。

「なんでもない。さっさと、病室に行くんだ」

朝倉は振り返って眉間に皺を寄せた。

「はっ、はい！」

中村は慌てて車椅子を押し始めた。

午前十時二十分、横須賀米軍基地。

Ｙナンバーのフォード・エクスプローラーが、出口正面ゲート前に停まった。

「ＩＤを拝見」

警備員が運転席を覗き込んだ。

「補給部隊のアルバレス曹長だ。基地を出るのにＩＤを確認するのか？」

運転席のアラブ系の迷彩戦闘服を着た男が首を傾げた。サラーハである。後部座席にも迷彩戦闘服姿の二人のアラブ系の男が座っていた。

「外出禁止令が出ているんですよ。基地から出るには、司令部の許可がいります。たとえ、曹長のあなたが大佐だろうと、ＩＤと許可のあるなしを確認することになっています。皆さんのご協力を」

警備員は首を横に振った。

「分かった」

運転席の男がＩＤを取り出すと、他の二人の兵士もポケットからＩＤを出した。

「ありがとうございます」

　ＩＤを受け取った警備員は、ゲートボックスの専用のスキャナーにＩＤカードに記載されているバーコードを読み取らせる。ＩＤに記載されている通りの身分であれば、問題ない。また、外出許可が下りていれば、端末に承認という単語が表示される。

　スキャナーにエラー表示が出た。

「エラーが出たぞ。外出許可が未承認のようだ。ガブリエル、補給部隊の担当将校に確認してくれ」

　ＩＤをスキャナーに掛けたら、「エラー」とともに「未承認」という文字が表示されたのだ。

「了解。補給部隊の担当将校は、……ブラウン大尉か」

　ガブリエルと呼ばれた別の警備員が、内線電話の受話器を取った。

「分かりました。ブラウン大尉。承認は確かに出ているんですね」

　ガブリエルは頷きながら、同僚に親指を立てて見せた。

「確認が取れました。曹長」

　警備員は、運転している兵士に三人のＩＤをまとめて返した。

「ありがとう」

　運転席の男は、軽く右手を上げて敬礼すると車を出した。

「焦ったぜ。外出許可は出ていたんじゃないのか、サラーハ？」

後部座席の男が、後ろを振り返って尋ねた。

「サマル、事前に書類をもらうには、司令部少佐の許可がいるそうだ。だが、俺たちのことを詳しく調べられると、まずいらしい」

サラーハはバックミラーでゲートの警備員の様子を確認すると、交差点を右折した。

「俺たちは、紛争地で行方不明になった米兵の軍歴をもらっているとジルコフから聞いている。堂々としていればいいんだ」

サマルは鼻息を漏らして笑った。

「だから、まずいんだろう。軍歴は生きているんだぞ。行方不明の兵士が所属していた上官に照会されたら、ばれるだろう」

サラーハは苛立ち気味に答えた。

「行方不明ったって、死んで遺体も出なかったってことだろう。本人が俺たちの前に現れることはないんだぞ」

サマルは肩を竦めて見せた。

「おまえは、単純でいいよ。ジルコフの組織がペンタゴンのデータを改竄《かいざん》したそうだが、それはあくまでもデータ上のことだ。俺たちがイラク人ということに変わりはないんだ」

サマルの右隣りに座る男が諭《さと》すように言った。

「モハメドの言う通りだ。俺たちは、まずは目立たないように横田基地に行くことだけを考えればいい。輸送機に乗れば、誰も追って来られないはずだ」

サラーハはバックミラーでサマルとモハメドを交互に見た。

「ところで、俺たちが船から突き落とした日本の警官は、どうなった？　ジルコフは殺すと言っていたが、まだニュースになっていないぞ」

モハメドがウィンドウの外を見ながら尋ねた。

「ジルコフは、殺すと言ったら殺すだろう。俺たちの知ったことじゃない」

サラーハは首を横に振った。

4

バグダッド、タージ空軍基地、午前五時十分。

夜明け前の薄闇を突いて、Ｃ１７が滑走路に降り立った。

二〇〇三年に多国籍軍によるイラク侵攻でフセイン政権が崩壊した後、タージ空軍基地は米軍が接収し、管理していた。だが、それだけに反政府勢力や親イラン武装組織からの攻撃目標になっており、二〇二〇年では一月十四日、三月十一日、同月十四日にもロケット弾の攻撃を受けている。この時間に輸送機の離着陸が多いのは、テロを警戒してのことだ。

着陸したＣ１７の後部貨物ハッチが開き、米兵に交じって二人の私服姿の男がハッチのスロープを降りてきた。一人は身長一八四センチ、もう一人も一八〇センチほどで近くの米兵と比べても遜色《そんしょく》のない逞《たくま》しい体をしている。

「やっと着いた。バグダッドはやっぱり遠いな」

背の高い男が汗をジャケットの袖で拭きながら言った。

「イラクは、遠いさ。この埃《ほこり》っぽい空気を吸うのも久しぶりだ。まったく、いつでも埃っぽい」

傍らの男が、言葉と裏腹に両手を上げて背筋を伸ばしながら深呼吸した。

「そういえば、ウィリー。おまえはアラビア語が堪能で、イラクに従軍した経験があったな。久しぶりというのに、到着そうそう愚痴か？」

背の高い男が欠伸をしながら言った。彼らはハインズの部下であるテリー・ダフィーとウィリー・エスコバーで、ＮＣＩＳ本部から派遣されたのだ。

「大学でアラビア語を学んだから、イラクに従軍したし、チーフが今回俺を選んだ理由もそこにある。おまえもアフガンに従軍したのなら分かるはずだ。ここに兵士として戻ったんじゃないことを感謝している。文句を言っているんじゃないよ」

エスコバーは笑って答えると衛星携帯電話機を出し、ハインズにバグダッドに着いたことを報告した。

二人は二十メートルほど離れたＡＭＣ・パッセンジャー・ターミナル（空軍乗客ターミナル）に向かっている。

パッセンジャー・ターミナル脇に停まっているＧＭのＳＵＶ、キャデラック・エスカレードの傍らに立っている中年の男が、二人に向かって手を振った。

「お出迎えらしいぞ。現地の職員だろう」

ダフィーが男に向かって右手を上げた。

「バグダッド支局のマット・ベイダーだ。どっちがダフィーなんだ？」

ベイダーはむっつりとした表情で言った。紛争地で働く職員は平静を装って陽気に振舞うか、心を病んで無口になるかのどちらかだ。ベイダーは後者だろう。

「支局長直々のお出迎えですか。私がテリー・ダフィーです」

ダフィーは笑顔で右手を差し出した。

「だったら、そっちが、アラビア語が堪能というエスコバーなんだな？」

ベイダーはダフィーと握手をしながら尋ねた。相変わらず無表情である。支局と言っても、局員は十人にも満たない。タージ空軍基地はイラク最大の空軍基地ではあるが、米軍だけでなく多国籍軍もかなり撤退し、実質的にはイラク軍基地なのだ。駐留米軍が激減したイラクの支局長は、閑職のようなものである。

「私がウィリー・エスコバーです。お世話になります」

ウィリーはベイダーに合わせて表情もなく握手を交わした。

「乗ってくれ。ホテルに送る」

ベイダーはさっさと運転席に収まった。

二人は顔を見合わせて苦笑すると、ダフィーは助手席にエスコバーは後部座席に乗り込んだ。基地内の兵舎に宿泊することもできるが、テロリストの標的になっているとダフィーらは基地外のホテルを予約している。

キャデラック・エスカレードは滑走路に近い南ゲートから一般道に出ると、郊外の田園地帯を抜けてティグリス川沿いの道に入る。バグダッドは一年を通して乾燥しているが、ティグリス川周辺は緑が多い。だからと言って窓を開けて外気を取り込もうという気にはなれない。気温は十三度と低く、ヒーターを入れてもいいほど冷え込んでいる。

「依頼を受けた件は、すでに調査している。事件のほとんどは、テロが頻発していた時期だけにうやむやになっている。副局長が予測したことだが、米兵が絡んでいるとしたらとんでもないことになるかもしれないぞ」

ベイダーはダフィーを横目で見て言った。

「やはり、そうですか。だから、副局長は我々をイラクに派遣したのだ」

ダフィーは大きく頷いた。

クワンティコNCIS本部、午後八時五十分。

本部局長室の椅子に座っているハインズは、エスコバーとの通話を終えてスマートフォンをポケットに仕舞った。

「ダフィーとエスコバーがバグダッドに到着したのか？」

革張りの椅子に座っているフランク・ゴードン局長は、執務机に置かれた書類に目を通しながら尋ねた。

「エスコバーからの連絡です」

ハインズは足を組んで頷いた。局長と言っても付き合いは長い、遠慮する間柄でもない。

「君は例のA中隊第二小隊に所属していた兵士は、被害者であると同時に加害者だと考えているようだが、証拠はあるのか？　むろん、証拠があるからこそエスコバーらをバグダッドに派遣したんだとは思うが」

ゴードンは書類のページを捲《めく》り、首を傾げた。

「今のところ、状況証拠だけです。第二小隊の報告書とバグダッドの治安警察の報告書に記載されていた殺人事件、それと第二小隊の兵士の殺害状況から見て、犯人はイラクで殺害された人々の復讐をしていると見られます。第二小隊の兵士がイラクでの殺害事件に関与した直接の証拠はありません。しかし、四年前に自殺したダスティ・アルバレスの遺書で私は確信を持ちました。資料の二十一ページ目です」

ハインズは自分が提出した書類だけにページ数まで覚えていた。

「『我々がイラクで犯した罪を贖《あがな》うには、自らの命を絶つ他ない』という内容だな。我々というのは、従軍記録を見る限り、第二小隊を意味するようだな」

ゴードンは大きく頷いた。

「もし、第二小隊がイラクで民間人を理由もなく殺害していたとしたら、生き残った兵士の証人保護プログラムを解除し、軍法会議にかけなければなりません」

罪を犯した兵士に怒りを覚えるものの、ハインズは静かに言った。感情は、表に出さない。副局長になって学んだことだ。

「罪を犯した兵士を逮捕するのは我々の役目、その先は国家に委ねる。当然のことだが、規模が大きくなれば、政府で調査団を組織しなければならない。だが、それは避けたいところだ。誠意をもって被害者に対処すべきだが、事件が公になれば国民の反米感情は高まり、イラクの反政府勢力を勢いづかせる。結果、イラク政府との関係が悪化することになるだろう」

ゴードンは大きな溜息を漏らした。

「敵の思う壺ですね」

ハインズは首を何度も横に振った。

5

自衛隊横須賀病院、午後三時。

「どうなっているんですか？」

白衣を着た中年の男性が、腕を組んで朝倉を睨みつけた。この病院の副院長沢木《さわき》である。

「事件は、進行中なんです。捜査の陣頭に立つ私が、ただ休んでいることはできないんですよ」

朝倉は小さく首を横に振った。ベッドテーブルの上にノートＰＣと書類が置かれ、それらに目を通していたのだ。

「あなたもそうですが、完全看護で付き添いは必要ありません。そもそも、付き添い用のソファーベッドを片付けて、テーブルと椅子を持ち込むのはルール違反です」

沢木は右手を斜め前に突き出した。その手の先に付き添いと称して中村と国松が、椅子に座ってテーブルに置かれたノートＰＣで仕事をしていた。彼らは朝倉が当分の間自由に動けないため、作戦室としていたホテル・ニュー・オーシャンから朝倉の病室に仕事場を移動させたのだ。

ソファーベッドを片付けることは看護師に伝えてあったのだが、それを聞きつけた沢木が血相を変えて飛んできたのだ。

「彼らは消灯時間になったら帰します。ご迷惑は掛けません。問題ありますか？」

書類から目を離した朝倉は、沢木を鋭い視線で見つめた。瞳孔《どうこう》が狭まりシルバーグレーの左目が光ったように見える。

「わっ、分かりました。最低限のルールは守ってください」

一瞬たじろいだ沢木は、病室から出て行った。

「民間人を脅すのはよくないですよ」

国松が苦笑している。

「この病院は民間人も受け入れているが、自衛隊病院なんだぞ。俺たちは前線の兵士と同じだ。指揮官が負傷して入院したら、それなりの扱いはするだろう」

朝倉は注意した国松を睨んだ。

「確かにそうですが、ここは野戦病院じゃありませんから」

国松は右手を左右に振って笑った。付き合いの長い彼は、朝倉に対して免疫が出来ているのか動じない。

「冗談に決まっているだろう。病院には迷惑をかけるが、今は休んでいる場合じゃない。それにＮＣＩＳからの連絡は俺に来る。即応するには君らに近くにいてもらう必要があるのだ」

ハインズやブレグマンから朝倉のスマートフォンに直接連絡がくる。情報によっては、すぐに行動する必要があるため国松らは近くにいなければならないのだ。また、朝倉が負傷したことで本部から四人の応援が早朝から来ていた。

メンバーは警課の主任である野口大輔《のぐちだいすけ》、新人の大竹淳平《おおたけじゅんぺい》。防課の北井英明《きたいひであき》と新人の横《よこ》山直哉《やまなおや》の四人である。大竹と横山は特捜局に去年の六月に採用されたのだが、それぞれ警視庁と陸上自衛隊警務隊の捜査員としての経験を積んできたベテランなのだ。

　野口ら警課は所轄と協力し、うみかぜ公園の周辺の聞き込みをしている。また、北井ら防課の二人は海上保安庁の監視取締艦に乗船し、不審船の捜査をしていた。

「おっ、きたな」

　ベッドテーブルの端に置かれていた朝倉のノートＰＣにメールの着信があった。発信者はハインズである。

　メールを開くと、「第一四八任務部隊の関与が疑われている事件の調査のため、二名の特別捜査官をバグダッドに派遣した」と書かれている。また、画像も添付されていた。犯人の一人であるサラーハの顔写真を要求していたのだが、やっと参謀本部の許可が下りたらしい。

「うーむ」

　サラーハの顔写真を見た朝倉は首を捻った。六年前にイラク第一特殊作戦旅団第二大隊で作成されたＩＤ用のものらしいが、元の写真が小さいせいか画質が悪くしかも髭面なので記憶にある男の顔と合致しないのだ。参謀本部の許可が下りなかったこともあるが、この画質では使うことはできなかっただろう。

「まいったな。これじゃ、指名手配もできない」

朝倉は思わず唸った。

「どうしたんですか？」

国松が席を立って朝倉のノートＰＣのモニターを覗き込んできた。

「サラーハの顔写真をＮＣＩＳが送ってきたんだが、これじゃ、使い物にならんだろう」

朝倉は溜息を漏らすとベッドにもたれ掛かった。ベッドの頭の部分を最大限に上げてある。休みながら仕事をしているのだ。

「確かにこれは引き伸ばしたところで、使えませんな。現場の警察官を惑わせるだけです。警視庁の鑑識課の似顔絵捜査官を呼んだらどうですか？」

手配用の似顔絵の作成は鑑識課にプロがいる。最近では人相書きのソフトウェアも開発されているが、まだまだ手書きが主流である。

「佐野さんに至急頼んでくれ」

朝倉はベッドにもたれ掛かったまま言った。傷の痛みは動かない限り、ほとんど感じない。朝より確実に良くなっている気がするが、ひたすら眠いのだ。本能が休息を求めているのだろう。

「佐野さんです」

国松が右掌を立てて謝りながらスマートフォンを渡してきた。佐野は怒っているに違いない。

「朝倉です」

――佐野です。銃撃されたと聞きましたが、大丈夫なんですか？

トーンは抑えているが、やはり怒っているようだ。

「大丈夫です。さすがに病院で大人しくしています」

苦笑しながら答えた。

――当たり前でしょう。自衛隊病院だからといって特別に警備が厳しい訳ではないと思いますが、護衛は付けていますか？

佐野は朝倉のことを本気で心配しているのだ。捜査には厳しく立ち向かうが、後輩思いの男である。

「特に考えていませんが」

朝倉は曖昧な返事をした。

――犯人は朝倉さんをおびき寄せて殺害を図《はか》ったんですよ。おそらく、顔を見られたからでしょう。また、襲撃される可能性はありますよ。

「分かりました。病院に頼んで警備員を増やしてもらいます」

素直に返事をした。逆らうことではない。

――似顔絵捜査官は、すぐに手配します。待っていてください。その前に国松君に代わってくれますか。

「はっ、はい」

朝倉はスマートフォンを国松に返した。佐野は形式的に部下になっているが、今でも先輩であることに変わりはない。体が先に反応してしまう。

「電話代わりました」

国松が首を傾げつつ、電話に出た。

「はい、はい。了解しました」

国松は何度も頷きながら返事をして通話を終えた。

「なんだったんだ？」

朝倉は何気なく尋ねた。

「こっちの捜査は進んでいるのかと尋ねられただけだよ」

国松は肩を竦めて見せた。

6

自衛隊横須賀病院、午後十一時四十分。

朝倉は手に持っていたスマートフォンを落とし、その音で目覚めた。横になって報告書などに目を通していたのだが、いつの間にか眠ってしまったらしい。

「腹減ったな」

ベッド下に落ちているスマートフォンを見て溜息を吐いた。医者は点滴で水分と最低限の栄養は摂《と》れているので心配ないと言う。だが、無傷で健康そのものの胃は、空腹を訴えている。最低限、四日は流動食も摂れないらしい。これでは腸の傷が治る前に胃酸で胃に穴が開きそうだ。

床のスマートフォンが振動した。メールが届いたのだろう。なんとか体を回転させてうつ伏せになってみたが、右手を伸ばしてもスマートフォンは数センチ先にある。左手に点滴のチューブが繋がっているので、思うように動かせないのだ。

「まいったな」

看護師を呼ぶかどうか迷っているのだ。

国松と中村は、面会の終了時間である午後八時に部屋から追い出されている。しかも、消灯時間の午後九時にベッドの高さを元に戻されてしまった。患者は安静にしていろということだ。夜中にスマートフォンを拾うために呼び出したらどう思われるか。

朝倉は苦笑しながらベッド脇のナースコール呼出しボタンを押した。看護師を気にする柄ではないことを思い出したのだ。

「……？」

首を捻った朝倉は半身を起こした。

夜勤の看護師がいるはずなのに応答がないのだ。嫌な予感がする。足をベッドから下ろし、左腕に繋がれている点滴チューブを見た。とはいえ、点滴針を勝手に抜いて歩き回るような真似はもうこりごりである。

ナースコール呼出しボタンを再び押した。

廊下から足音が近付いてくる。

ドアが開き、白衣の男が現れた。

部屋の照明は消されているので、分かるのは白衣だけである。だが、ナースコールで医師が駆けつけてくることはないはずだ。

朝倉は点滴針を引き抜き、ベッドから下りた。

白衣の男は無言でドアを閉めると、いきなり右手を振った。

本能的にスウェイバックで避けると、眼前で空を切り裂く鋭い音がする。男はナイフを持っているようだ。

白衣の男は右手のナイフを左右に振り、左のパンチも繰り出す。ナイフを避けて右手でパンチをブロックしたが、重量級のパンチである。だが、次にナイフの攻撃を朝倉が払うと、今度はコンパクトに左の回し蹴りを繰り出してきた。

「むっ！」

払い退《の》けた右手が痺《しび》れた。いつまでも避けることはできない。朝倉は男に抱き付くと回転しながら渾身《こんしん》の力で後ろに投げ飛ばした。男は頭から窓ガラスを突き破って、視界から消えた。

ガラスが割れた窓から下を覗くと、白衣の男がうつ伏せに倒れている。病室は三階にあるため生死は分からないが、自力では動けないだろう。

朝倉は床に落ちている自分のスマートフォンを拾うと、ベッドに置いた。国松か中村に連絡すべきか迷ったが、襲撃犯が一人とは限らない。音を立てるのもまずいが、電話が掛かってきたら厄介である。ドアを薄く開けた。廊下も照明が消えている。だが、階段の非常灯でなんとか視界は確保できそうだ。ナースコールで看護師が駆けつけてこないということは、彼らも襲われた可能性がある。それを確かめる必要があった。佐野の忠告で警備員の数を増やしたが侵入を許したということは、警備員は無力化されたということだ。

目の前に人影。

「……！」

咄嗟に右膝を床に付けるように腰を落とすと、頭上でナイフが空を切る。朝倉は右拳を人影の鳩尾《みぞおち》に叩き込み、立ち上がると同時に男の顎を蹴り抜く。男は仰向けに倒れると、呻き声を上げて口から泡を吹いた。病室に侵入した暗殺者の見張り役だろう。

非常階段で足音がする。

朝倉は倒した男が落としたナイフを拾った。

ハンドライトの光が朝倉の顔面を照らす。

「くっ！」

左手をかざしてライトを遮ると、右手のナイフを逆手に持って構えた。ナイフを順手に持てば過剰防衛になる可能性がある。生死を懸けるような場面でも、官憲ということを意識した。

「朝倉さん！」

ライトの向こうから中村の声がした。

「中村か」

朝倉は立ち上がると、ナイフを床に捨てた。

「大丈夫ですか？　国松さんと病院の駐車場で見張っていたんですが、病棟の照明が消えたので慌ててやってきたのです」

中村は廊下に倒れている男にライトを当てて驚いているようだ。おそらく佐野に命じられて駐車場で見張りをしていたのだろう。

「二人倒したが、襲撃犯はまだいるかもしれないぞ。所轄に応援を頼め。国松は？」

「電源を復旧すべく、機械室に行きました」

「無線で、一人で行動するなと伝えろ。電源が復旧したら、二人で周辺道路に不審車がないか調べるんだ」

襲撃犯はヒットマンと見張り役の二人だけかもしれないが、移動のための運転手もいる可能性がある。

「しかし、朝倉さんを置いていけませんよ」

中村はスマートフォンで所轄に連絡をとりながら首を振った。

「俺はこいつを見張っている。行け！」

朝倉は手を振って中村を行かせると廊下の壁にもたれ掛かり、大きく息を吐いた。アドレナリンが切れたらしい。腹部に激痛を覚える。腹に手をやると手に血が付いた。

「休憩するか」

小さく笑った朝倉は腰を落とし、廊下に座り込んだ。

フェーズ6：降格

1

中野、東京警察病院、二月十七日午後二時。

朝倉は八階にある個室のベッドに横になっていた。

自衛隊横須賀病院から移送されて一時間が経つ。朝倉が二度にわたる襲撃を受けて上部組織である警察庁と防衛省の担当幹部が会合を開き、特捜局は横須賀からの撤収を命じられたのだ。

一昨夜の襲撃で病院の警備員が四名、看護師が三名負傷した。警備員の一人は現在も意識不明の重体である。

また、窓から落ちた襲撃犯と廊下で倒した男は、どちらも青酸カリを服毒して死んでいた。倒した際に泡を吹いていたのは気絶したからではなく、青酸カリによるものだったのだ。奥歯にあらかじめカプセルが仕込まれており、強く嚙むと青酸カリが漏れる仕組みになっていたらしい。二人とも白人というだけで、身元が分かるような物は一切身につけていなかった。彼らの扱いは県警に任された。朝倉は撤収もやむなしと素直に従ったのだ。

部屋は十七平米あるＡタイプの個室で、シャワーとトイレが完備されている。スマートフォンを除く、パソコンや捜査資料の持ち込みは禁止された。廊下には常に制服警察官が立つという厳重な警備が敷かれており、入院よりも監禁と言った方がいいだろう。

ドアがノックされ、廊下に立っていた制服警察官が顔を覗かせた。

「ＮＣＩＳのブレグマン特別捜査官がお見えになっています。面会されますか？」

警察官は強張った表情で尋ねた。朝倉は重要人物と教えられているらしく、緊張しているのだろう。

「ああ、通してくれ」

朝倉は上体を起こし、枕を立ててもたれた。

「了解です」

警察官がドアを開けると、大きな紙袋を持ったブレグマンが笑顔で入ってきた。

「面会するのに、ＩＤをＮＣＩＳ本部に問い合わせて確認を取り、さらに厳しいボディーチェックを受けたよ。その上、警備の警察官がそこら中にいる。君は大統領なみの扱いをされているな」

ブレグマンは笑いながら、紙袋をベッドテーブルに載せた。途端に紙袋からハンバーガーのなんともいえない芳香が漂う。

「大統領？　囚人の間違いだろう。それより、腹を撃たれた男にハンバーガーの差し入れかよ。これは立派なテロだぞ」

　紙袋の中を覗いた途端に、腹の虫が切なそうに鳴いた。

「君にじゃない。君の同僚や警護をしている警察官にと思って、横須賀ネイビーバーガーを買ってきたんだ。腸を縫い合わせたんだろう？　だったら明日あたりにはヨーグルト程度なら食べられるんじゃないのか」

　ブレグマンは肩を竦めると、窓際の椅子に座った。

「食い物以外で見舞いをしようとは思わなかったのか？」

　朝倉は紙袋をうらめしそうに見た。

「花束が似合うような柄じゃないだろう」

　ブレグマンは首を振って笑った。

「もういい、分かった。本題に入ってくれ」

　溜息を吐いた朝倉は、右手を上げた。

「まず、君が殺害した二人の犯人だが、所轄からもらった顔写真と指紋のデータをＮＣＩＳで調べたが該当者はいなかった。とはいえ、ＮＣＩＳが他の捜査機関と共有しているデータにはなかったというだけだ。現在はインターポールや他国の捜査機関にもデータを送って照会している」

ブレグマンは真面目な顔つきになって話し始めた。

「言っておくが、俺が殺したんじゃない。やつらは服毒死、自殺だ」

朝倉は右の人差し指を振って訂正した。

「変わらないだろう。次に、バグダッドに二人の特別捜査官を派遣したことは、うちのボスから聞いているな。君も知っているダフィーとエスコバーだ」

「あの二人なら優秀だからな。何か分かったのか？」

朝倉は大きく頷いた。ダフィーとエスコバーは、アフガニスタンで一緒に仕事をしたことがある。二人とも優秀な捜査官で、陸軍兵士として中東での従軍経験があるそうだ。だから、派遣されたのだろう。

「第一四八任務部隊とイラク治安警察の報告書を元に現地で聞き込みをしている。現在までに五件の事件を解明し、A中隊所属の第二小隊が絡んでいることが濃厚になった。だが、彼らの犯行の動機が分からないらしい」

「犯行の手口からして、快楽殺人だろう。動機はストレス解消から欲情まで、なんでもありだ。だが、第二小隊は十二人いたはずだ。彼ら全員が精神的におかしくなっていたとは考えにくいな」

朝倉は腕を組もうとしたが、点滴チューブがあることに気付いて苦笑した。

「それが、言い難い話だがカラクリがあったんだ」

「カラクリ？　まさか」

朝倉は眉を寄せた。人材不足に悩む米軍では募集時に不正があると聞いたことがある。

「多分、君の想像していることは間違っていないだろう。主に軽犯罪だが、検挙を免除する代わりに陸軍や海兵隊への入隊を強制するというものだ。以前から問題になっていたが、第二小隊は紛争地で危険地帯の任務だったため、刑罰を免れた兵士が集められていたらしい。中には殺人未遂やレイプを疑われた兵士も含まれていたようだ」

ブレグマンは頭を掻きながら説明した。

「第二小隊は、犯罪者集団だったということか。だとすれば、殺害、レイプは日常茶飯事かもしれないな。まして、紛争地なら事件を闇に葬れると思ったのだろう。ある意味、犯罪者には天国かもしれないぞ」

朝倉は舌打ちした。

「そんなところだろう。犯罪の動機を調べても意味がないかもしれない」

ブレグマンは立ち上がると、窓を開けて外の景色を見た。

「重要な情報だが、それを告げるためだけに東京まで出てきたのか？」

朝倉は首を捻った。

「イラクでの調査が進めば、現在証人保護プログラムで匿っている四人を軍法会議にかけることになる。とすると、その四人を処刑するために犯人は米国に飛ぶ可能性が高いだろう。犯人の顔を見たのは君だけだ。米国での捜査に参加して欲しい」

ブレグマンはにやりとした。

「分かるが、すぐにと言う訳じゃないよな」

朝倉は点滴チューブを見た。

「私とマルテスもイラクに飛ぶように命じられた。三時間後に横田基地で輸送機に乗ることになっている。バグダッドでの捜査を応援し、結果を早急に出すように局長から指示されたのだ。その捜査次第で軍法会議の日程は決まる。最低でも一週間の猶予はあるだろう。それまでに治して欲しい」

「一週間あれば充分だ。だが、報告書の事件だけで調べても捜査は難航するだろうな。紛争地で、物証はおろか証言すら集めるのは難しいだろう。いっそのこと、〝フィダーイー〟にも聞き込みをしたらどうだ?」

犯人が殺害現場に翼を意味すると思われる煙草の吸殻を残していったことが、朝倉は気になっていた。

「どうかな? 〝フィダーイー〟はテロ集団なんだろう? 素直に証言するとは思えない」

ブレグマンは首を振った。

「せっかく行くんだったら、手を尽くして欲しいだけだ。それから、俺が必要なら米国で動きやすいように根回しをしておいてくれ」

特捜局長という肩書だけに逆に単独で捜査に加わるのは難しいかもしれない。今回の横須賀での捜査は、問題視されていると聞いている。

「分かった」

ブレグマンはベッドテーブルの紙袋を取った。

「持って帰るのか？」

「気が変わったんだ。輸送機に乗る前にマルテスと食べることにした。バグダッドでうまいハンバーガーが食べられるとは思えないからな」

ブレグマンは天井を見上げて気の抜けた笑みを浮かべた。優秀な捜査官であるが、軍隊経験がないため、紛争地は嫌いだと以前話を聞いたことがある。もっとも、紛争地が好きな人間はめったにいないだろう。

「だったら、今度うまい飯を奢《おご》れよ」

朝倉は右手を軽く振った。

2

東京警察病院、二月二十二日午前七時半。

朝倉は窓の外を見ながらネクタイを締めていた。退院するのである。

南向きの窓からよく晴れた青空が見える。

「コロナね」

朝倉はネクタイの形を整えながら呟いた。

病室のテレビをつけっぱなしにしてあるが、未だに〝ダイヤモンド・プリンセス〟号の話題でもちきりである。政府は乗客を下船させずにウイルスを国内に持ち込まない水際防衛をしているつもりらしいが、所詮閉ざされた環境での応急処置的対応ではウイルスの感染は防ぐどころか爆発的に増えるだろう。

乗客を宿泊施設に移して隔離した方がいいはずだ。未知の病原体を恐れ、専門家の意見も聞かずに政治家や役人主導で感染対策ができるわけがない。

「まったく」

鼻先で笑った朝倉は、腹の傷をシャツの上から摩《さす》った。

腹の銃創の抜糸は明後日だが、医者も驚くほどの回復を見せているので退院が早まった。一昨日から流動食が食べられるようになっているので、退院の許可も下りたようだ。意識不明だった星野の容態も安定したと聞いている。

シャツの上からショルダーホルスターを付けると、ロッカーに掛けてあるジャケットを羽織った。スーツやシャツ等は、中村に朝倉のマンションまで取りに行かせた。妻の幸恵はパリで急速にコロナ感染者が増えて移動制限が行われているために飛行機に乗れずに足止めされている。当分帰国することはできないだろう。おかげで余計な心配を掛けることがなかったので、ほっとしている。

ドアがノックされ、樹脂製のケースを提《さ》げた中村が入ってきた。

「おはようございます。退院の手続きは終わりました」

中村は明るく言った。病院の手続きもそうだが、このところ彼をまるでマネージャーのように使っている。気心が知れていることもあるが、見てくれはともかく中村は厳しいことで有名なレンジャー課程を終了している猛者《もさ》のため朝倉のボディーガードも兼ねていた。自分の身は守れると思っているが、佐野や国松が心配して中村を専任に就けるようにしたのだ。

「ご苦労さん」

朝倉はベッド脇に置いてある衣類を入れたスポーツバッグを手にした。中村が自宅から持ってきた物である。

「私が持ちます」

中村がひったくるようにバッグを取り上げた。

「治ったから退院するんだぞ」

朝倉は苦笑いをした。

「何を言っているんですか。腹部を銃撃されたんですよ。聞いた話ですが、簡単には治らないそうです。それに季節の変わり目には、キリキリと痛むそうですよ」

中村はバッグを肩に掛けると、部屋の隅に置いてある車椅子を引っ張ってきた。

「自分の足で歩ける。実際一昨日から病院の中を歩き回っているんだ。歩くことはリハビリになる。それより、俺の銃を持ってきたんだろう」

朝倉は中村の話を無視して、右手を突き出した。ボディーガードよりも銃を携帯していた方が、安心できるのだ。

「そうでした」

中村は樹脂製のケースを差し出した。

朝倉は受け取るとケースの中からSFP9を出し、マガジンを差し込むとショルダーホルスターに納めた。

「行くぞ」

ケースを中村に返すと、部屋を出た。自宅に帰る前に局に顔を出すように防衛省の事務次官から言われている。言葉は丁寧だったが、出頭せよということだ。

朝倉は病棟前の駐車場に停めてあった覆面パトカーであるトヨタ・マークXの助手席に乗り込んだ。班から局に昇格するにあたり、これまで二台だった覆面パトカーが四台に増えている。捜査能力を評価されているだけに予算はつけられているのだ。

「土曜日に退院してその足で出頭って、ずいぶんとこき使われますね」

ハンドルを握る中村は自分のことのように不満を漏らした。

「仕方がないだろう。局の責任者が一週間以上不在だったんだ。今日は防衛省の次官と警察庁の次長が直々に待っているらしい。大目玉を食らうかもしれないぞ。おまえも一緒に顔を出せ」

朝倉は小さく笑った。どちらも組織の実力者だけに何を言われるのか、正直言って朝倉も気が気ではない。

「冗談じゃないですよ。私のような小物が、対面できるような相手じゃないでしょう。勘弁してください」

中村は高い声を上げた。冗談であるが、朝倉も彼と同じ気持ちなのだ。

途中でちょっとした渋滞はあったものの三十分ほどで防衛省に到着することができた。

朝倉は局があるＣ棟ではなく中央に位置するＡ棟のエレベーターに乗り、事務次官室がある階で下りた。中村はそのまま局があるＣ棟に向かっている。

エレベーターを下りた朝倉はネクタイを締め直し、息を吐いた。未だに緊張する場所である。スーツを着ているせいかもしれない。防衛省なら自衛隊の制服の方が落ち着ける。

以前の上司は、定年退職した前中央警務隊長である後藤田《ごとうだ》昌義《まさよし》と現職の近田《ちかだ》信夫《のぶお》一等陸佐、それに警視庁捜査一課長の桂木《かつらぎ》修《おさむ》で、彼らが特別強行捜査班のトップであった。

班から局に昇格した組織変更に伴い、朝倉の直属の上司は防衛省の事務次官と警察庁の次長に変わっている。自衛隊の警務隊と警察というハイブリッド捜査機関のため、頭が二つあるということに変わりはない。だが、捜査の現場を知っている桂木や後藤田とは違う事務方の上司に未だに戸惑《とまど》っているというのが正直なところである。

事務次官室の前に立ち、ドアをノックした。スマートウォッチを見ると、午前八時五十五分になっている。九時に出頭と言われていた。

「入ってくれ」

抑揚のない声が響いた。

「失礼します」

朝倉は一礼して入室した。防衛省事務次官である守谷誠司《もりやせいじ》の執務机の前にソファーがあり、警察庁次長の坂田《さかた》正弘《まさひろ》が座っている。

「退院早々呼び立ててすまない。君に急ぎで知らせる必要があってね」

守谷は表情もなく椅子から立ち上がると朝倉に坂田の対面に座るように勧め、自分は坂田の隣りに腰を下ろした。

「体は大丈夫なのか？」

正面に座る坂田が尋ねてきた。朝倉に気を遣っているのは分かるが、顔色が冴《さ》えない。

「おかげさまで、すっかりよくなりました」

朝倉はいささか強張った笑顔で答えた。

「まあ、無理しないでくれ。班から局に変わってまだ一年も経っていないが、今回の事件を受けて組織変更されることになった」

守谷はむっつりとした表情で言った。この人物に会うのは、三度目だが表情がないのは毎度のことである。二人の雰囲気を思うに朝倉の降格を告げる可能性があるだろう。

「組織変更ですか？　拝聴いたします」

朝倉は両手を膝の上に載せ、背筋を伸ばした。

「すまないが、君に局長の座から降りてもらう」

守谷は淡々と言った。

3

午前九時四十分、Ａ棟を出た朝倉は、空《から》っ風《かぜ》に追われるようにＣ棟に移動した。

すっかり治ったつもりで小走りに歩いたら、案の定傷口が痛んだ。

「痛《いて》て」

朝倉はそれでも平気な顔でエレベーターに乗り込み、他に誰もいないことを確認すると腹を押さえて息を吐いた。

「もう少しというところか」

ポケットからハンカチを出し、額に浮いた汗を拭った。脂汗というやつだ。だが、撃たれた夜に無理をした時のことを思えば、痛みはかなり和らいでいる。

エレベーターを下りた朝倉は廊下を進んで特捜局のドアノブに手を伸ばし、ふと守谷事務次官に言われたことを思い出した。


「すまないが、君に局長の座から降りてもらう」

守谷は無表情のまま言った。

「降格ということですか？　それとも、どこかに出向ということでしょうか？」

朝倉は平静を保つようにゆっくりと尋ねた。正当防衛とはいえ、二人の男を結果的に殺している。また、捜査機関のトップが自ら動いて銃撃戦を招いて負傷した。ただの処分で済むはずはないと考えていたのだ。

「降格というと語弊がある。君に局長でいられると、困るという要望が多々あってね」

守谷が答えると、坂田は苦笑しながら頷いた。防衛省だけに主導権は守谷にあるようだ。

「すみません。仰《おっしゃ》っている意味がよく分かりません。私は指揮官失格ということですか？」

朝倉は首を捻って守谷と坂田を交互に見た。

「君が局長のポストのままでは、優秀な捜査官として働けないというのだ。要はもっと自由に行動できるようにという要望があった。それが、偶然なのか局内と米国から同時にきてね」

守谷は淡々と言った後で、口元を緩ませた。笑ったようだ。

「それは事実ですが、私は一体どうなるのですか？」

職を失う恐れはなさそうだが、何を求められているのかよく分からない。

「特捜班が、成立した経緯を覚えているかね？」

それまで黙っていた坂田が質問した。

「自衛隊と民間が絡む事件を解決するため、じゃないのですか？」

朝倉は坂田に向かって答えた。

「それはそうだが、それが成立した経緯だよ」

坂田はゆっくりと首を振った。

「はて……？」

朝倉は首を捻った。

「政治だよ。君の高い捜査能力が買われて政府主導で特別強行捜査班ができた。さらに、特捜班がＮＣＩＳに協力し事件を解決することで、米国から称賛された。それに気を良くした政府が班から局への昇格を促したのだ」

坂田は渋い表情で続けた。

「とすると、今回の人事も政治が絡んでいるというのですか？」

腕組みをして朝倉は、二人の高官の前にいることに改めて気付いてすぐに止めた。

「そういうことだ。ＮＣＩＳ本部から、君に捜査協力を求められている。だから君をどうやって活かせるか、問題になっていたのだ。君が現場で自由に行動できるようにする。それには、今の局長というポストでは無理ということが、政府もようやく分かったのだよ。君を祭り上げるだけでは、ＦＢＩのような強力な捜査機関ができないということが」

坂田は苦笑した。政府主導という事態を快く思っていないのだろう。

「なるほど」

朝倉は相槌を打って話を促した。そういえば以前、国松が「いい考えがある」と言っていたことを思い出した。

「話を元に戻す。新しい局長のポストには、前年中央警務隊を定年退職された後藤田昌義氏の就任を予定している。君には捜査警課と防課に関係なく単独で動くことができる特別捜査官として働いてもらうつもりだ」

守谷が坂田の話を継いだ。

「特別捜査官ですか。まるでＦＢＩかＮＣＩＳのようですね」

朝倉は肩を竦めた。

「ボス？　どうされたんですか？」

「うん？」

振り返ると中村が立っていた。つい先ほどの守谷事務次官と坂田次長との打ち合わせを思い出していたら、立ち尽くしていたようだ。

「なんでもない。ちょうどいいところに現れた。引っ越しを手伝え」

朝倉はにやりと笑い、ドアを開けた。

「引っ越し？」

中村がきょとんとしている。

「まずは、俺のデスクを調達する必要がある」

朝倉は腕を組んで部屋を見回した。

４

バグダッド、タージ空軍基地、午前十時四十分。

両手を首の後ろで組んだブレグマンはバグダッド支局に設けられた自分のデスクで、ノートＰＣの画面を漫然と見つめていた。

「どうしましたか？　今日は、聞き込みに行かないのですか？」

マルテスが紙コップのコーヒーを渡してきた。

「我々が捜査に加わって三日になるが、結果が出せていない。何か見落としがあるんじゃないのかと思ってな」

コーヒーを受け取ったブレグマンは、画面を人差し指で叩いた。第二小隊が関わっていると思われる事件の報告書である。

「七件の殺人事件で、第二小隊の兵士が目撃されています。それで充分でしょう。紛争地で指紋やＤＮＡなどの物証を求めるのは、不可能です。集めた証言で軍法会議に持ち込めれば、それでいいんじゃないですか？」

マルテスは、自分のコーヒーを啜りながら小首を傾げた。

「聞き込みに行っても得られる情報はあまりない。というか、住民が米兵を犯人にしようと嘘を言っている可能性もある。証言はその都度録画しているが、証人を米国まで連れて行くことはできない。こんな客観性のない証言だけで、軍法会議とはいえ勝てないぞ」

「正直言って、私も心配していますが、これ以上何が得られるというのですか？」

ブレグマンはコーヒーを渋い表情で飲んだ。

マルテスは肩を竦めた。

「住民への聞き込みだけじゃ駄目ということは、私も覚悟していた。朝倉は犯人に通じる

〝フィダーイー〟にも聞き込みをしろと言っていたよ。できればの話だがな?」

　ブレグマンは小さく息を吐くと、ノートPCを閉じた。

「〝フィダーイー〟?」

　少し離れた席に座っているエスコバーが尋ねてきた。その隣りにダフィーの席もある。彼らと四人で聞き込みに行く予定である。

「なんでも『自己犠牲を厭わぬ者』という意味を持つ〝フィダーイー〟と呼ばれる殉教者の武装集団が大昔にいたそうだが、それを名乗るテロリストが近年現れているらしい。組織的に動いているのかは分からないが、反政府主義で白人というか米軍人を敵対視しているらしい」

　ブレグマンは椅子を回転させてエスコバーに説明した。

「だったら、イラク軍が逮捕したテロリストを調べたらいいんじゃないのか?　この基地に留置場がある。イラク軍の対テロ特殊部隊の幹部に話を通せば、事情聴取もできるはずだ」

　エスコバーはデスクの電話機に手を伸ばした。

「駄目元で聞いてみるか?　事件のことは話さずに〝フィダーイー〟を名乗る囚人に面会許可を得る。もし、囚人に会えたのなら、司法取引を持ちかけて自白させるか」

　ブレグマンは腕組みをして頷いた。

「囚人に司法取引？　イラクで勝手にそんなことはできないぞ」

エスコバーは首を振って笑った。

「今回の捜査に予算が付けられている。それでなんとかするんだ」

ブレグマンはウインクすると、エスコバーに電話を掛けるように催促した。


三十分後、キャデラック・エスカレードに乗ったブレグマンらは、イラク軍の軍用四駆に従って走っている。

軍用四駆は、基地の滑走路の北東に位置する倉庫のような建物の前で停車した。飛行機の格納庫に見えるが、誘導路はかなり傷んでおり、使われていないようだ。

「ここが留置場か？」

ブレグマンはハンドルを握るエスコバーに尋ねた。彼はイラクに従軍経験があるのでこの基地のこともよく知っているのだ。

「噂だが、留置場は基地の何ヶ所にも分けてあるらしい。また、定期的に場所も変えるそうだ。分散する理由は、テロリストのロケット弾による攻撃の盾にするためと聞いたよ」

エスコバーはわざとらしく声を潜めた。

「なるほど、仲間が留置されている建物があるから、テロリストも簡単にはロケット弾で攻撃できないというわけか。その割にはテロが頻発しているようだが」

ブレグマンは首を傾げた。

「建物の位置情報が、テロリストに漏れているから攻撃されるんだ」

エスコバーは声に出して笑うと、車を降りた。

「テロリストに通じている奴《やつ》がいるということか。紛争地ならではの『あるある』だな」

ブレグマンも鼻息を漏らして笑った。

軍用四駆から二人のイラク兵が降りてきた。一人は一八二センチほど、もう一人は一七四センチほどで鍛えた体をしている。彼らはイラク第一特殊作戦旅団第三大隊に所属している特殊部隊員で、エスコバーは百米ドルずつ渡していた。ブレグマンらは彼らと顔を合わせたが、紹介されていない。名前を知られたくないようだ。

男たちは無言で錆《さ》び付いた鉄製のドアから建物に入って行く。

ブレグマンらも彼らに続き、中に入った。

ドアの内側に警備兵用の小さなプレハブ小屋が建っている。その奥は、工事現場で使われるような塀で中が見えないように仕切られていた。また、警備兵用のプレハブ小屋の向かいに鉄製のコンテナが置かれている。

話は通してあるらしく、中にいる二人の兵士は雑誌を読み耽《ふけ》っていた。ブレグマンら米国人を見ない振りをしているのかもしれない。

「むっ」

ブレグマンは眉間に皺を寄せ、手の甲で鼻を押さえた。腐った卵のような腐臭がするのだ。おそらく格納庫を改修した留置場に下水などなく、囚人の糞尿《ふんにょう》が垂れ流されているためだろう。

「鼻を摘《つま》むのはまだ早いぞ。今連れてくるから待っていてくれ」

背の高いイラク兵が鼻先で笑うと、仕切りの塀のドアを開けて中に入っていった。

ドアの隙間《すきま》からオレンジ色の囚人服を着せられた男たちが、動物園のオリのような鉄格子の囲いに収容されているのが見える。同時に濃厚な腐臭が鼻を突く。

「これは堪《たま》らん」

ブレグマンらは掌で鼻を覆った。

背の高い兵士は五分ほどで一人の囚人を連れてくると、相方である兵士がコンテナのドアを開けた。コンテナの中に椅子が一つだけ置かれ、天井から鎖がぶら下がっている。拷問《ごうもん》部屋のようだ。

「時間は十分だけだ。それ以上は超過料金をもらう」

背の高い男は囚人をコンテナの中に蹴り入れると、腕時計を見て言った。

「分かった」

ブレグマンはマルテスとダフィーをコンテナの外に見張りに立たせ、エスコバーとコンテナに入った。

囚人は床に座ったまま動かない。疲れ切っているというより、弱っているようだ。

「始めるか」

ブレグマンは両手の指を鳴らした。

5

午後二時半、ブレグマンは、マルテスがハンドルを握るキャデラック・エスカレードの助手席に座り、後部座席にはM4を構えるエスコバーとダフィーが乗っていた。車はイラク郊外の未舗装の道を、砂塵《さじん》を巻き上げながら走っている。

「本当だったら、どうなりますか？」

マルテスが唐突に尋ねてきた。

「どこまで影響を及ぼすのか、想像もつかない」

砂塵で見え隠れする前方のハンヴィーを見つめながらブレグマンは答えた。ハンヴィーには先導と護衛を要請した重装備の米兵が四人乗っている。

「ですよね」

マルテスは首を横に振った。

タージ空軍基地の留置場で尋問した囚人は、アブザフラという名で内務省直下の治安部隊に所属していたそうだ。

二〇〇三年に米軍がイラクに侵攻後、イランはイラクのシーア派教徒を支援し、〝アサイブ・アルハク〟や〝イラク・ヒズボラ〟などの民兵組織を作り、米軍にテロ攻撃をした。それらの組織は近年〝イラク人民動員部隊〟として統合されて力を得ると、イラクの内務省直下の治安部隊にまでイランの影響を与えている。

国軍は伝統的に反イランだが、親イラン派のアブドルマハディ首相によって将軍が左遷されるなど、イランの影響は国軍にまで影響を与え始めている。もっとも二〇一九年十二月に反イラン派勢力の巻き返しによってアブドルマハディ首相は辞任に追い込まれた。

アブザフラはイランの影響下にある治安部隊に嫌気がさし、反イランの急先鋒《きゅうせんぽう》である議会最大派閥〝行進者たち〟を率いているムクタダ・サドル師の民兵組織〝マハディ旅団〟に入ったそうだ。そこで、気の合った仲間とともに〝フィダーイー〟を名乗って、親イラン派の政治家や軍人を暗殺していたらしい。

ブレグマンは案内してくれたイラク兵に金を渡し、彼を自由にする条件で様々な情報を得た。

二時間半前、タージ空軍基地留置場。

「〝フィダーイー〟が日本にまで行って米兵を暗殺している？　馬鹿な。〝フィダーイー〟

を名乗る者はイラクを守ることを第一としている。イラクを離れるはずがない。それに〝フィダーイー〟同士で情報交換をすることはあっても、協力して日本に行くとは思えない。そもそもどこからそんな資金を得るのだ？」

椅子の背もたれに寄りかかっているアブザフラは、肩を竦めて見せた。発音はともかく英語は話せる。たまに単語が出てこない時があるが、アラビア語が話せるエスコバーが通訳した。

「主犯は、イラク第一特殊作戦旅団第二大隊に所属していたサード・サラーハという男らしい。名前に聞き覚えはないか。彼も〝フィダーイー〟らしい」

ブレグマンは、アブザフラにペットボトルの水を与えた。

「サード・サラーハ？」

アブザフラは幾分首を傾げた。聞き覚えがあるのかもしれない。

「彼は死の紋章である翼を書き込んだ煙草の吸殻を暗殺現場に残していく。もっとも、なぜか左右の翼が別々になっている」

ブレグマンは自分のスマートフォンを出して証拠品である煙草の吸殻の写真を表示させ、アブザフラに見せた。

「必ず二人殺して任務を完了させるという〝片翼の印〟だ。そいつの名前までは知らないが、身内を殺された〝フィダーイー〟が、憎しみを倍返しにするという強い意志で暗殺をする時に使うと聞いている。そいつが、サラーハなのかもしれない」

アブザフラは暗い表情になった。

「身内を殺された憎しみで、米国だけでなく日本にまで行くとはね」

ブレグマンは首を横に振った。

「日本にまでどうやって行ったかは知らない。だが、俺でも動機は理解できる」

「動機？」

「バグダッドから八十キロ北西部にネバイという荒れた土地がある。土地が痩《や》せていて農作物もあまり育たないそうだ。そこにラッシャル・アッハールという寂《さび》れた村があるから、自分の目で確かめて来るんだな。仲間の〝フィダーイー〟から、おぞましい光景を見たと聞いた」

アブザフラはブレグマンを睨みつけながら言った。

先行するハンヴィーが猛烈な砂煙を上げて停まった。

「着いたのか？」

マルテスは首を捻りながらも車を停めた。砂煙の向こうに、崩れかけた土塀に囲まれた日干し煉瓦の家がいくつか見える。だが、人影はない。

「地図では、ここがラッシャル・アッハール村だ」

ハンヴィーから降りてきた米兵が、地図と携帯ＧＰＳ測定器を見比べながら言った。

「我々が村を調べる。すまないが見張りを頼む」

ブレグマンは米兵に警備を頼むと、マルテス、エスコバー、ダフィーらを連れて土塀の中に足を踏み入れた。土塀の内側の中央には井戸があり、周辺に十軒ほどの日干し煉瓦の家がある。

「ただの廃村にしか見えませんね」

マルテスは額に浮いた汗をジャケットの袖で拭きながら周囲を見回した。人気がないだけに村の異常なまでの静けさが不気味である。

「私とエスコバーは時計回り、マルテスとダフィーは反時計回りに家を調べるんだ。無線はオンにしてくれ」

ブレグマンはハンドシグナルで仲間に指示すると、すぐ近くにある家を覗いた。

イラクの農村部ではよく見かける小さな高窓がある日干し煉瓦の家で、建物の中が壁で仕切られ、土の上にカーペットが敷かれている。何年も使われた様子はなく、壊れた家具やカーペットは砂埃を被っていた。

ブレグマンはヒップホルスターのグロックに右手を載せながら奥へと進む。建物は高窓から得られる光で足元は見えるが、夕暮れ時のように薄暗い。

「むっ！」

ブレグマンは眉間に皺を寄せた。一番奥の部屋のカーペットが、盛りあがっているのだ。明らかに何かを隠したに違いない。

ブレグマンはヒップホルスターのグロック17Cを抜くと、左手でカーペットを勢いよく捲った。

「なっ！」

後ろにM4を構えながら付いていたエスコバーが声を上げた。カーペットの下に複数の白骨死体が横たわっていたのだ。

――こちらマルテス、ブレグマン、応答願います。

「ブレグマンだ。どうした？」

ブレグマンはマルテスからの無線連絡に答えた。

――六体の白骨死体を発見。銃撃の痕がある。

「こちらもそうだ。銃弾と薬莢《やっきょう》を回収してくれ」

ブレグマンは無線連絡を終えると、地面に落ちていた弾丸を拾った。銃弾や薬莢は探すまでもなく無数に落ちているのだ。数個の銃弾と薬莢を拾うと証拠品用のビニール袋に入れた。

「アブザフラの証言が、裏付けできそうですね」

エスコバーは険しい表情で言った。アブザフラは米軍の一個小隊により、ラッシャル・

アッハール村の住民が皆殺しに遭ったという噂について語った。村の出身者でイラク第一特殊作戦旅団に所属していた兵士が復讐鬼となり、〝フィダーイー〟を名乗って米兵を暗殺していると聞いたことがあると、彼は教えてくれた。

ブレグマンらは半信半疑で、村の所在地を調べてここまで来たのだ。

「エスコバー、支局の職員を全員掻き集めて、この村を徹底的に調べるぞ。連絡してくれ」

ブレグマンはポケットからハンドライトを取り出し、白骨化した死体を照らした。

6

午後八時、東京タワー、展望台メインデッキ。

エレベーターから下りたスーツ姿の男が、西の方角が見える窓際に立った。サラーハらがブラウン大尉と呼んでいたジルコフである。

ジルコフは夜景を見つめて動かなくなった。離れたところに若いカップルがいるが、土曜日というのに人気は少ない。コロナで世間が騒がしくなっているために、外出を自主的に制限する人が多くなったのだろう。

「怪我は癒《い》えたのか？」

隣りに壮年の白人男性が立ち、外の景色を見たまま英語で話しかけてきた。

「ええ、もう大丈夫です。ミスター・Ｋ」

ジルコフは右眉をぴくりと動かした。

「君ほどの男が部下を三名も失い、君自身も負傷するとはね。日本で活動するのは、それほど難しいことなのか？」

Ｋと呼ばれた壮年の男は、鼻先で笑った。

「面目ない。まともな諜報機関もない日本ゆえに、油断していました」

ジルコフはＫを横目でちらりと見た。

「何か障害でもあるのか？　日本に君らを察知できるような捜査機関があるとは思えないが」

Ｋはふんと鼻息を漏らした。

「特別強行捜査局という昨年できたばかりの捜査機関です。規模は小さいのですが、上部組織は防衛省と警察庁という異例の組織です。そのトップである局長の朝倉という男の鼻が利くようです」

ジルコフは朝倉のことを調べ上げたらしい。

「特別強行捜査局？　聞き慣れない名前だな」

Ｋは首を傾げた。

「もともと、特別強行捜査班という組織だったのですが、米国のＮＣＩＳと共同捜査をすることで実績を上げて局に昇格したらしいのです。また、名前に強行という単語が入るように銃を常に携帯し、独自の判断で捜査するようです」

「だから、反撃されて部下を三人失ったと言いたいのか？　ジルコフ！」

　Ｋはジルコフに冷たい視線を向けると、再び前を向いた。

「油断したことは事実です。しかし、相手の力を知らな過ぎた。つまり情報不足だったのです。今度こそ、あの男を殺害します」

　ジルコフは右の拳を握りしめた。

「そんな時間はもうない。君は部下を引き連れて米国に飛んでくれ。それを伝えるために君を呼んだのだ」

　Ｋは冷たい表情で言った。

「しかし、部下の復讐が」

　ジルコフは両眼を見開いた。

「ＮＣＩＳが、ラッシャル・アッハール村の調査をはじめた。第二小隊の悪行もすぐに勘付かれるだろう。米国のことだ。大量殺戮《さつりく》の事実を隠蔽《いんぺい》するに決まっている」

「それでは我々の計画は台無しになってしまいます。第二小隊の兵士を皆殺しにし、サラーハがラッシャル・アッハール村の殺戮の復讐を成し遂げたことにしなければ、意味がない。なんのためにこれまでサラーハの尻拭《しりぬぐ》いをしてきたんですか？」

ジルコフは眉間に皺を寄せて言った。

「台本通りに計画は進めるそうだ。ラッシャル・アッハール村の大虐殺が米国の調査で分かれば、こそこそと証人保護プログラムで隠れている奴らは、軍法会議にかけられる。探す手間が省けるというものだ。衆人の前で残りの四人を抹殺すれば、君の任務は終わる。詳細な情報はまた君に与えよう」

Ｋは低い声で笑った。

「サラーハらはすでに米国に潜り込ませてあります。しかし、米軍も馬鹿ではありません。軍法会議を開くとなれば、厳重な警備網が敷かれるでしょう。サラーハらは確かに優秀な兵士ですが、これまでのように三人で暗殺任務を遂行できるとは思えません。我々が主体となって作戦の指揮をとるべきでしょう」

「作戦の詳細は与《あずか》り知らない。私は大使館の武官に過ぎないからな。君に情報を伝えるだけだ。米国に行ってあっちの情報提供者に会うといい。とりあえず、これを渡しておく」

Ｋは小脇に挟んでいた革のポーチをジルコフに渡した。

「何かが足りないようですが」

ポーチの中を見たジルコフが、眉を寄せた。ポーチの中には五冊のパスポートが入っている。

「特別手当てのことを言っているのか？」

「日本での任務は完了させたはずです。我々は汚れ仕事を請け負う。それだけに報酬を受け取れる資格があります」

「部下を三人も失って無事に任務を終わらせたというのなら、君は失格だ。新しいパスポートをもらえただけでもありがたいと思え。米国での仕事は、他のチームも参加するそうだ。君らはせいぜい彼らのサポートでもするんだな」

Ｋはジルコフに目もくれずに、立ち去った。

「くそっ！」

ジルコフはＫの背中を睨みつけた。

フェーズ7：護送

1

二月二十三日午前六時半、トレーニングウェア姿の朝倉は、夏目坂のマンションの自室に戻った。

リハビリのために三キロほどを歩いてきたのだ。明日からは軽めのジョギングを始めようと思っている。

いつものごとく手回しのコーヒーミルでキリマンジャロの豆を挽《ひ》き、ペーパーフィルターをセットしたコーヒードリッパーに二杯分入れる。ドリッパーをガラスサーバーに載せ、コーヒーケトルからお湯を少しだけ注ぎ、豆を蒸らす。豆から湯気と共に香りが立ち、少し待ってひと回しのお湯を注いで再び待つ。この単純作業に癒される。

大きめのマグカップにサーバーからコーヒーを注ぎ、リビングのソファーに座った。今日から普通食も大丈夫らしい。形がある物が食べられるのだ。

マグカップをリビングのテーブルに載せ、台所の冷蔵庫を覗いた。

「何もない」

溜息を吐いて、冷蔵庫のドアを閉めた。よくよく考えてみれば、幸恵もいないので二週間近く買い物をしていない。冷蔵庫にあるのは、ビール缶だけである。

朝倉はソファーに座り、朝刊を広げてマグカップのコーヒーを啜った。あとで近くのコンビニに朝飯を買いに行けばよい。明日から出勤するために午前中はゆっくりし、午後は新宿のスポーツジムのマシンでトレーニングするつもりだ。

テーブルのスマートフォンが呼び出し音を鳴らした。

電話かと思ったが、電子会議の誘いであった。参加ボタンをクリックすると、スーツ姿のハインズの顔が映った。デスクも映っているので、ＮＣＩＳ本部のオフィスなのだろう。十四時間の時差があるので、向こうは午後四時半ごろということになる。画面下の小さな枠の中に映っているのはブレグマンのようだ。

——起きている時間だと思って会議に誘ったのだ。体調はどうだ？

ハインズは椅子にゆったりと座っている。しばらく見ないうちに貫禄がついたものだ。

「朝のコーヒーを飲んでいたところだ。待ってくれ、画面が小さいからパソコンに切り替える」

朝倉は寝室のテーブルに載せてあるノートＰＣを起動させ、ハインズとの電子会議を立ち上げて参加した。

――バグダッドのブレグマンから報告を受けていたのだが、君にも聞かせた方がいいと思ってね。ブレグマン、すまんが、俊暉にも説明してくれ。

ハインズは親しげに朝倉を名前で呼んだ。

――了解です。

画面の片隅のブレグマンが話し始めた。

彼は現地に同行しているマルテスらと共に、ある筋から得た情報を元にバグダッドの北西に位置するラッシャル・アッハール村を調査したそうだ。村の家々には白骨化した四十二体の死体と、５・５６ミリＮＡＴＯ弾の弾丸と薬莢が無数に落ちていたらしい。死体を調べたところ、子供と思われる死体も八体あった。ブレグマンは険しい表情で報告した。

電子会議の画面の一部に白骨死体の写真が掲示された。ハインズのパソコンのデータなのだろう。写真なのでなんとも言えないが、白骨の劣化具合からして死後数年経っているはずだ。

――第一四八任務部隊の第二小隊は、ネバイ地区にテロリストのアジトがあるという曖昧な情報を元にパトロールを命じられた。だが、彼らは勝手に行動を起こして村人を虐殺し、その上軍に村のことは何も報告していなかったのだ。

ハインズは苦々しい表情で言った。

「第二小隊の非道は分かった。だが、彼らは、他の殺人事件の殺害方法を真似て殺されている。関連はあるのか？」

黙ってブレグマンの報告を聞いていた朝倉は、尋ねた。

——改めてバグダッドで殺された被害者を調べたところ、いずれもラッシャル・アッハール村の出身者だったようだ。彼らが村に帰れば、犯行がばれてしまう。犯人らは市内で生活する村人も殺すことで、ラッシャル・アッハール村を地図上から消滅させようとしたのかもしれない。

ハインズは眉間に皺を寄せた。これほど不愉快な事件はないだろう。

「戦争で偶発的に一般人を巻き込むことはある。だが、それが故意になされたのなら、それは犯罪に過ぎない。もっとも、戦争自体を国家による犯罪と見るべきかもしれないがな」

朝倉は首を横に振った。戦争は国家による大量殺戮である。それが、テロリストが相手だと正当化され、住民を巻き添えにしても謝罪すらない。だからテロリストは新たにまた生まれるのだ。

——ラッシャル・アッハール村の調査は、明日また行われる。事件の概要が明らかになれば、第二小隊の罪は問われ、最終的に米国政府がイラクに賠償する必要も出て来るだろう。それには、第二小隊の生き残りの四人を尋問し、彼らの役割を調べなければならない。

正直に話すとは思えない。頭が痛いよ。

ハインズは腕組みをして言った。死人に口なしで、残された四人の兵士に責任をなすりつけるかもしれない。それを彼は心配しているのだろう。

「四人の男をグァンタナモにでも送ったらどうだ？　あそこは軍規だけが、唯一の法律なんだろう？」

朝倉は鼻先で笑った。

米国がキューバから租借しているグァンタナモ米軍基地にある収容所は、治外法権区域として米国法も国際法も通用しない。そのため、収容所では囚人の不当な待遇や違法な拷問が問題になっている。

――グァンタナモか、それは妙案だな。基地の周辺は地雷原で脱出も不可能だが、潜入も難しい。誰の邪魔もされずに軍法会議をするにはもってこいだ。統合参謀本部に提案してみるよ。

ハインズが乾いた笑いを漏らした。

「それなら、四人の証人保護プログラムを解除し、さっさとグァンタナモに送るんだな」

朝倉はコーヒーを飲みながら言った。

――グァンタナモに送るかどうかは、統合参謀本部が決めることだ。四人をどこに移送するにしても匿っているセーフハウスから護送する必要があるのだが、犯人グループが襲撃して来る可能性がある。ＮＣＩＳ本部から選抜した特別捜査官とＦＢＩの二つのチームが護衛に就く予定だ。だが、犯人の一人であるサード・サラーハの顔を知っているのは、君だけなんだ。だから、ＮＣＩＳの護送チームに加わって欲しい。

　ハインズは人差し指で朝倉を差した。

「当然だろう」

　朝倉はＰＣの画面に向かって大きく頷いた。

2

　二月二十五日、午後六時五十分、朝倉を乗せたハーツフィールド・ジャクソン・アトランタ国際空港発のデルタ航空機が、ノースカロライナ州シャーロット・ダグラス国際空港に到着した。昨日の日本時間で午後三時四十八分発の羽田空港発のデルタ航空機に乗り、トランジットでやってきたのだ。

　朝倉は再び上司となった後藤田の許可を得て、特別捜査官としての任に就いている。ＮＣＩＳからの協力要請を受けているのは朝倉だけなので、今回は一人で動いているのだ。そういう意味では一見降格人事とも言える特別捜査官になったタイミングは、よかったと言えるだろう。

入国審査も終えて到着ロビーに出ると、人混みから抜け出た先でマルテスが手を振った。イラクでの捜査はほぼ終わっており、マルテスとダフィーは先に帰国したらしい。ブレグマンとエスコバーは最終の確認作業で現地に残っているそうだ。

ＮＣＩＳはＦＢＩの協力を得て、第一四八任務部隊の第二小隊で生き残っている四人を保護している。その場所を朝倉は教えられていない。待ち合わせ場所は、米国のシャーロット・ダグラス国際空港という情報だけでここまで来たのだ。

「出迎え、ご苦労さん」

朝倉は左手を軽く上げ、右手に提げていたバックパックを肩に掛けた。

「銃で撃たれたと聞いたけど、マスクなんかして本当に重病人みたいですね。大丈夫ですか米国まで来て、ミスター・朝倉」

近付いてきたマルテスは、朝倉のマスクを見て心配げな顔をした。普通なら握手をするシーンだが、呆気《あっけ》に取られているようだ。

「至って元気だ。コロナが流行っているんだぞ。ウイルスは飛沫《ひまつ》感染する。マスクをするのは当たり前だろう」

朝倉は苦笑した。飛行機の中でマスクをしていたのは、日本人だけだった。むしろ、欧米人には白い目で見られ、露骨に中指を立てる者までいた。

「日本人と違って、欧米ではマスクをする習慣はないんですよ。重病患者か手術中の医者なら分かりますが」

マルテスは肩を竦めた。

「まったく、欧米人の無神経さには、困ったものだ。トランプは、マスクは不要だと言っている。この分じゃ、あっという間に米国は感染大国になるな」

朝倉は大きな溜息を漏らした。

「止めてくださいよ。不吉なことを言うのは。荷物は私が持ちます」

マルテスは首を振ると、朝倉から奪い取るようにバックパックを持った。

「病人扱いするな。それより、俺の捜査権は確保してくれたんだろうな」

朝倉はマルテスの横に並んで尋ねた。米国まで来てお客様扱いされたくない。こちらで捜査官として働けるようにハインズに頼んでおいた。

「もちろんです。局長の許可を得て、ＮＣＩＳのアシスタント・エージェントという資格で捜査権が与えられます。もちろん銃の使用許可も得られました。ここだけの話ですが、ちょっとした裏技を使ったようですよ。銃は車の中でお渡しします」

マルテスは悪戯《いたずら》っぽく小声で言った。

「そうか。上出来だ」

朝倉は頷くと、さりげなく周囲を窺いながらマルテスに従った。日本で三度にわたり命を狙われている。空港のような人の多い場所では、どこに敵対する人間がいるか分からないため身構えてしまうのだ。

「むっ」

朝倉は右頬をぴくりとさせた。十メートルほど先一時の方角にいるカジュアルな格好をした男と十時の方角にいるスーツ姿の女が不自然な動きを見せたのだ。

「一時の方角にいる紺色のジャケットの男、それに十時の方角のダークスーツの女が怪しい」

朝倉はマルテスの耳元で囁いた。

「えっ！　よく気付きましたね。あなたを陰ながら護衛するために、ＮＣＩＳから六名の捜査員が派遣されています。日本で三回も襲われたのなら、米国でも狙われるはずだと、ハインズ副局長が命じたのです」

マルテスは小声で答えた。

「そういうことか」

朝倉は小さく笑った。怪しいのは二人だけではなく、他にもいるということだ。大袈裟ではあるが、我慢する他ないだろう。

「ミスター・朝倉の安全が、確認できるまで辛抱してください」

マルテスは歩きながら言った。

「俺は捜査官というより、証人というわけか」

朝倉は苦笑した。犯人を目撃した唯一の証人であることに間違いはない。

「まあ、そういうことです。ただ、犯人グループを探し出す捜査官として、適任ということに変わりはありませんから」

マルテスは悪びれることなく答えた。

空港ビルを出た二人は、エアポート・ループ・ロードに停まっていた黒いキャデラック・エスカレードの後部座席に乗り込んだ。前後に同じ型のエスカレードが停車している。朝倉らが車に収まると、それぞれの車に数人の男女が乗り込んだ。先ほどまで空港の乗降客に交じっていた六名のＮＣＩＳの捜査官だろう。

「久しぶりだな」

助手席に座っていた男が振り返って右手を差し出した。ハインズである。

「副局長のお出ましとは、驚いたな」

朝倉はハインズと握手をすると、マスクを外した。

「とりあえず、これから隠れ家まで行く。すまないが、君のスマートフォンを預かりたい。安全とは限らないからな」

ハインズは笑顔で答えると、握手した右手をそのまま伸ばしてきた。ハッキングされて位置情報を盗まれる可能性があるということだろう。

「分かった」

朝倉は渋々だが、スマートフォンの電源を切ってハインズに渡した。

「オーケー、出発する。メイプリス、車を出せ」

ハインズは無線機を手にし、ハンドルを握る部下にも命じた。

前に停まっている車が動き出すと、朝倉の車と後方の車も走り出した。

「積もる話もあるが、とりあえず落ち着いてからにしよう」

ハインズはバックミラー越しに言うと、小さな金属製のケースを渡してきた。ケースの中を確かめると、グロック２６と予備のマガジンが入っている。

「ずいぶんと可愛らしい銃だな」

朝倉は銃からマガジンを抜き、銃弾が込められていることを確認すると元に戻した。

２６はグロックシリーズの中でも全長百六十ミリと最小で、護身用として女性に人気がある。また、セカンドのハンドガンとして隠し持つにはいいだろう。だが、九ミリパラベラム弾を使用できるものの、標準のマガジンは装弾数が十発と少々心細い。

「君には小さいとは思ったが、それは私の予備の銃なんだ。書類を書き換えるのが、一番手っ取り早いという事情があってね」

ハインズは笑って見せたが、マルテスが言うように裏技を使ったに違いない。ひょっとすると何か問題が起きた場合は、彼が責任をとるつもりなのだろう。

「別に文句はない」

朝倉はグロックと予備のマガジンをジャケットのポケットに入れた。

空港を出た三台の車は、ジョシュ・バーミングハム・パークウェイを連なって走っていたが、途中で何度も順番を入れ替えた。そして、ビリー・グラハム・パークウェイを経由して７７号線と４８５号線とのジャンクションで別れた。尾行があった場合に備えての行動らしい。

「用心深いんだな」

朝倉は、ジャンクションで走り去る別のエスカレードを見つめながら言った。

3

シャーロット・ダグラス国際空港を出発して五十分後、朝倉が乗ったエスカレードは田舎《いなか》町にあるガソリンスタンドに入った。

高速道路からまっすぐ来たのでメインの通りらしいが、高いビルはなく、一、二階建ての建物がまばらに道の端にあるだけだ。また、電線は地下ケーブル化されてはおらず、背の高い電柱が建っていた。典型的な田舎町である。

車を降りた朝倉は近くに地名を示す標識がないか見回したが、目視できる範囲では見当たらないようだ。気温は十五度ほどと、寒くはない。ニューヨークなどの北部の都市と違って、この季節でも最低気温は十度を切らないようだ。

「ガソリンを入れている間、休憩しようか？　空港で食事をしてくるんだったな」

助手席から降りてきたハインズは、腰を叩きながら給油スタンドの奥にあるコンビニに足を向けた。午後七時五十五分になっている。

「給油するということは、まだ、遠いのか？」

朝倉は欠伸をしながら尋ねた。

「証人保護プログラムはＦＢＩが仕切っている。彼らの指示に従って行動しているに過ぎない。四人の兵士が保護されている隠れ家には、まっすぐ行けないんだ。仲間にも場所は悟られない。だから、安全なんだがな」

ハインズは答えると、朝倉に釣られて欠伸をした。

二人はコンビニに入った。とはいえ、日本にあるような弁当や雑貨などが充実しているような店ではない。だが、ドリンクバーは充実している一般的なアメリカンタイプである。ハインズはドリンクバーのマシンにカップをセットし、フルーツスムージーのボタンを押した。

「四人は、同じ隠れ家にいるのか？」

朝倉は隣りの機械でオレンジジュースを選んだ。コーヒーを飲みたいところだが、あいにくソフトドリンクの類《たぐい》ばかりである。

「二人ずつで、別の州に匿っている。実は私も場所を知らない。ＦＢＩの担当者がこの店で接触してくるはずなんだ」

ハインズは腕時計を見ると、フルーツスムージーを入れたカップに蓋《ふた》をしてストローを差し込んだ。午後八時に待ち合わせをしているのかもしれない。

「なるほど、ＦＢＩは秘密主義らしいからな」

朝倉はオレンジジュースを飲みながら言った。一応天然果汁らしい。

「腹が減ったな。ブリトーでも食べるか」

ハインズは冷蔵ショーケースからチルドブリトーを取り出した。

「そんな妙な物を食うのか」

朝倉はふんと鼻息を出した。以前米国のコンビニでチルドハンバーガーと一緒に食べたことがあるが、かなり不味《まず》かった。手作りのブリトーはうまいが、コンビニのチルドブリトーは似て非なる物である。

「チルドのブリトーがまずいのは、承知の上だ。温めてくれ」

ハインズはレジで店員に渡したのだが、なぜか店員はキョトンとしている。ブリトーをどうしたらいいのか分からないようだ。年齢は三十六、七歳か、新人と言うには歳《とし》を食っている。店長というわけでもなさそうだ。ハインズは無言でブリトーと電子レンジを交互に指差した。店員はようやく分かったらしく、愛想笑いをしてブリトーを電子レンジに入れた。

「俺はバッファーローチキンとピザ」

朝倉はレジの隣りにある商品ケースの辛みの利いたチキンと、チーズが乾燥しているようなピザを注文した。晩飯は食べていないので、腹は減っている。減っていなければ、絶対注文しない商品だろう。

店員は慣れない手つきで商品ケースを開け、トングでチキンを摘《つま》んだ。

「おまえこそ、油が回っている体に悪そうな物をよく食べるな」

ハインズは店員が紙のパックに詰め込んでいるチキンとピザを見て鼻先で笑った。

「うるさい。背に腹は替えられないと言うやつだ」

朝倉は商品が入った紙のパックを受け取ると、カードで支払いをした。

店員は会計を終えると、ほっとした表情をしている。

「この店はイートインスペースがない。外で食べよう」

ハインズは右手にスムージー、左手に湯気が立つブリトーを持ち、店を出た。

「あの店員、おかしくないか？」

朝倉はピザを食べながら尋ねた。

「私もそう思った。我々がランカスターのガソリンスタンドで給油すれば、ここで待ち構えていたＦＢＩ捜査官が接触してくる予定だった。一向に現れないので、単純に彼らの到着が遅れていると思っていたのだが、何かあったのかもしれない」

　ハインズはブリトーを渋い表情で食べている。

「調べる価値はありそうだな」

　朝倉はピザを食べるのを止めて、バッファローチキンにかぶり付いた。ピザは見た目以上に不味かったのだ。チキンの味はまだしも、ハインズが言うように油でベトベトしている。さっぱりとした日本のコンビニのおにぎりやおでんが頭を過《よぎ》った。

「態勢を整えてからにしよう」

　ハインズは渋い表情で食べかけのブリトーを袋に入れると、近くのゴミ箱に捨てた。やはり不味かったのだろう。

「了解」

　朝倉はハインズに従って車に戻った。

「コンビニを私と朝倉で調べる。マルテス、店に行って店員の注意を逸《そ》らせ。メイプリス、いつでも車を出せるようにするんだ」

　ハインズは二人に命じると、朝倉にブルートゥースイヤホンと小型の無線機を渡してきた。朝倉はさっそくイヤホンを左耳に装着し、無線機の電源を入れた。

　車から離れたマルテスがコンビニに入っていくと、朝倉とハインズも車を降りた。二人は店の正面出入口ではなく脇にあるトイレを素通りし、ゴミ箱がある裏口に回った。裏口の近くに三台の車が停まっている。一台はかなり年季の入ったシボレーのピックアップ、シルバラード、その隣りにフォードのフォーカス、少し離れた場所にシボレーのサバーバンが置かれていた。

「ピックアップは店員のだろう。サバーバンはＦＢＩが好む大型のＳＵＶだ。フォーカスは、いかにもレンタカーという感じだな」

ハインズはフォーカスの車内を覗き込みながら、銃を抜いた。グロック１９である。２６より一回り大きいコンパクトタイプで、装弾数は十五発と実戦向きだ。

「俺が先に入る。援護してくれ」

朝倉もポケットからグロック２６を出し、裏口から侵入した。ストックヤードになっており、床に血溜まりがあった。朝倉はすぐ後ろのハインズに目配せすると、ストックヤードの片隅にあるドアを蹴って飛び込んだ。

「むっ！」

男が振り返って銃を向けてきた。

すかさず男の右手を掴むと、グロックのストックエンドで男の首筋を力一杯殴りつけて昏倒《こんとう》させた。六畳ほどの部屋で事務所らしく、机にパソコンが置かれている。床に店員らしき男が腹から血を流して倒れ、椅子にスーツ姿の男が縛られていた。拷問されたらしく、顔の形が変わるほど殴られて気絶している。

「ＦＢＩの捜査官は、二人と聞いている。もう一人、どこかにいるはずだ」

ハインズが険しい表情で朝倉が倒した男に手錠を掛けた。

「店員に化けている男を片付けるのが先だ」

「マルテス、店員はどうしている？」

ハインズは無線でマルテスを呼び出した。同じチャンネルを使っているので、朝倉も会話は聞くことができる。

——えっ、今さっき、店を出て行きました。

「何！」

朝倉は部屋を出ると、裏口から外に飛び出した。

フォーカスに男が乗り込む。

「止まれ！」

朝倉は車の前で銃を構えた。

フォーカスはライトを点灯させ、急発進した。

「くそっ！」

朝倉は横に飛んで車を避け、タイヤを狙って発砲したが惜しくも外れた。ここが米国であることを思い出し、男に発砲できなかったのだ。

「男を撃たなくて正解だ。あの車はすでに手配してある」

後から出てきたハインズが、朝倉の肩を叩いた。

「ああ、そのようだな」

朝倉はグロックをポケットに仕舞った。

4

サウスカロライナ州マートルビーチ、午後十一時十分。

朝倉らを乗せたエスカレードはランカスターから二百二十キロ移動し、マートルビーチの海辺のホテル、オーシャン・ワン・リゾートの駐車場に入った。

マートルビーチは、ノースカロライナ州にもまたがる東海岸でも屈指のリゾート地の一つである。四つ星のオーシャン・ワン・リゾートは、ホテル街ともいえる海岸沿いのオーシャン・ブルバードに面していた。

「このホテルにチェックインする」

ハインズは言葉少なに車を降りた。

ランカスターのガソリンスタンドにあるコンビニは、ハインズが連絡したＦＢＩにより封鎖されて現場検証がされている。

コンビニの店員は二人いたが、いずれも殺害されていた。朝倉らと接触する予定だった

ＦＢＩの二人の捜査官のうち一人は意識不明の重体で、もう一人は彼らが乗ってきた車のトランクに死体で発見されている。また、朝倉が倒した男は、いつの間にか死亡しており、死因は日本で襲ってきた連中と同じ、青酸カリの服毒死であった。

ハインズは現場に駆けつけてきたＦＢＩの職員から別の職員と接触するように指示を受け、マートルビーチまで来たのだ。証人保護プログラムは極秘の任務のため、部外者は詳細を知ることはできない。だが、協力関係にあるＮＣＩＳがいいように振り回されているため、ハインズの機嫌は悪いようだ。

「すまないが、私の部屋で打ち合わせがしたい。三十分後に来てくれないか」

ハインズは朝倉がチェックインを済ませるのを待って言った。

「分かった」

朝倉はフロントからカードキーを受け取り、頷いた。

「やれやれ」

五階の〇五〇八号室に入った朝倉は、床にバックパックを投げ出すと、ベッドに大の字になった。日本から十六時間のフライト後に車に三時間以上乗っている。途中で寄ったガソリンスタンドの出来事は別にしても、タフが売りだがさすがに疲れた。腹の傷は塞がったが、まだ体調は完全ではないのだろう。

朝倉は起き上がると、ポケットからスマートフォンを出した。ハインズから貰ったプリペイドスマートフォンである。電話モードにし、幸恵に電話を掛けた。

「俺だ。……えっ！　そうなのか。……俺は大丈夫だ。……帰国は一週間、いや、二週間後かな」

朝倉は通話を終えると、スマートフォンを仕舞った。幸恵は朝倉と入れ違いに日本に帰っていたようだ。欧州で新型コロナが急速に蔓延《まんえん》し、旅行の企画どころではなくなったため、帰国するように上司から命じられたらしい。今後は週に四日はリモートで仕事をするようだ。幸恵は朝倉が新型コロナに感染しないか心配していた。まあ、ここのところ命のやりとりをしているが、怪我よりも病気で心配される方がまだ気が楽だ。

十五分後、シャワーを浴びて着替えた朝倉は、同じ階の〇五一五号室のドアをノックした。

ドアが開き、マルテスが顔を覗かせた。

「お入りください」

「ほお」

部屋に足を踏み入れた朝倉は、右目を見開いた。

朝倉の部屋は二十八平米の１ベッドルームだったが、この部屋はリビングスペースがあり、２ベッドルームで倍近く広い。

リビングにはソファーやミニバーが付いているサイドボードがあり、その前にハインズは立っていた。ソファーの前のテーブルには、クラブサンドが盛られた大皿が載せられている。目を見張ったのは、そのクラブサンドの量である。六人分はありそうだ。

「少し飲みながら話をしないか。一時間後にホテルを出る予定だ。ルームサービスでクラブサンドを頼んでおいた。コンビニのチルド食品より絶対美味いはずだ」

ハインズは高級バーボンのブッカーズのボトルを手にしている。

「コンビニのブリトーに懲りたのか」

朝倉は笑うと、ソファーに座った。レストランは閉まっていたので、明日の朝まで食事は我慢するつもりだったが、腹の虫は鳴りっぱなしである。

「ブリトーを買ったのは、偽の店員を欺《あざむ》くためだ」

ハインズは首を振って、サイドボードの上に載せられた三つのグラスにバーボンを満たした。偉そうに言っているが、負け惜しみに聞こえる。

マルテスはグラスをテーブルに並べ、朝倉の隣りに座った。

「打ち合わせは、なんだ？」

朝倉は早速クラブサンドイッチに手を伸ばした。

「まず、コンビニで襲われたＦＢＩ捜査官だが、彼らが我々を隠れ家に案内する役目を負っていた。そのため、拷問されて場所を自白した可能性がある。ＦＢＩでは隠れ家に重装備のＳＷＡＴチームを派遣したそうだ」

ハインズはサンドイッチには手を付けずにバーボンのグラスを傾けた。

「あのコンビニが待ち合わせ場所だったことを、誰が知っていたのだ？」

朝倉は口の中のサンドイッチをブッカーズで流し込んで尋ねた。

「ＮＣＩＳでは私だけだが、ＦＢＩは数人の職員が知っていたらしい。私が出張ってきたのは、情報漏洩《ろうえい》を恐れて、ＦＢＩと直接やり取りするためだったのだ。私が裏切り者でない限り、ＮＣＩＳに問題ないはずだ」

ハインズは暗にＦＢＩにモグラがいるのかシステムがハッキングされたと言いたいのだろう。

「いずれにせよ、今回の襲撃で改めて一連の殺人事件はサラーハだけが犯人じゃないことがこれで分かったな」

朝倉は二つ目のサンドイッチを掴んだ。厚切りベーコンやハムだけでなく、贅沢にターキーもサンドされている。味はむろん言うことはない。

「私は一連の事件を最初から追っているが、事件を追う内に違和感を覚えるようになった」

「違和感？　事件の背後に大きな組織があるという意味か？」

「そういうことだ。最初はイスラム過激派であるタリバンやＩＳＩＬ（イスラム国）が関与していると思っていた。そこで、事件にイスラム系の活動家が関わっていないか調べてきたが、見つけることは出来なかった」

「俺が、遊覧船で襲われた際に見たサラーハともう一人の男は、アラブ系だった。だが、その後、襲ってきた連中、それにコンビニの襲撃犯は、いずれも白人だ。イスラム過激派とは限らないだろう」

首を振った朝倉は、三つ目のサンドイッチに手を付けた。

「実は私も日本の事件で考えを改めた。サラーハらを支援しているのは、白人の裏組織、しかも米国にまで影響を及ぼし、諜報《ちょうほう》活動に長《た》けている。これらの条件を満たす組織となれば、自ずと答えは決まってくるだろう」

ハインズは朝倉とマルテスを交互に見た。

「ロシアの諜報機関ですか？」

マルテスが答えた。

「ＧＲＵ参謀本部情報総局かＣＢＰ対外情報庁か」

朝倉はマルテスの言葉を継いだ。

ＧＲＵはロシア連邦軍における情報機関で、その他にも防諜、犯罪捜査を中心にした保安庁（ＦＳＢ）、秘密警察であるＫＧＢの対外諜報担当の第一総局を継いだ対外情報庁（ＣＢＰ）などの情報機関がある。その中で海外で諜報活動を行うのは、ＧＲＵとＣＢＰであろう。

「ＧＲＵの秘密口座からタリバンに金が流れていることが近年分かっている。それから、四年前の話になるが、大統領選挙で民主党候補のヒラリー・クリントン陣営の電子メールが盗まれて世間に公表された事件があったが、あれもＧＲＵの仕業だ」

ハインズは険しい表情で言った。

「ヒラリーの選挙対策や国務長官時代の情報が漏洩し、彼女の人気はガタ落ちになりましたよね。やっぱり、ロシアはトランプをバックアップしていたんですか」

マルテスは悔しげな表情を見せた。彼は民主党派なのだろう。

「ＧＲＵは、世界中の陰謀に加担しているが、その中でも汚れ仕事を請け負っているのが、２９１５５部隊だ。アフガニスタンの武装勢力に金を渡して、米兵殺害を奨励していることが、我が国の諜報機関の調べで分かっている」

ハインズは説明を続けた。

「思い出した。一昨年、英国で起きたスクリパリ暗殺未遂事件は、２９１５５部隊が関わっていると聞いたことがある」

朝倉は大きく頷いた。

二〇一八年三月、英国のソールズベリーで元ＧＲＵ大佐のセルゲイ・スクリパリが、娘と共に意識不明の重体で発見された。彼は西側の二重スパイとして働いたため、裏切り者として２９１５５部隊の二名の工作員に神経剤ノビチョクで暗殺されかけたのだ。スクリパリとその娘は一命を取り留めたが、たとえ死ななくても裏切り者への見せしめとなるような襲われ方だったと見られている。また、２９１５５部隊は、プーチン大統領から直接命令を受けて動いていると言われている。

「２９１５５部隊は、暗殺や陰謀の専門部隊だ。彼らの狙いは、米兵の中東における無慈悲な犯罪行為を被害者であるイラク人の復讐という形で世間に知らしめて米国を貶めることで、米軍の中東からの撤退を狙っていると私は思っている」

「なるほどな。２９１５５部隊ならやりかねん。米軍が撤退すれば、イラク、アフガニスタンでのロシアの影響力が増す。サラーハは利用されているということか。彼は自分の気持ちは日本人なら理解できるはずだと言っていた。遊覧船で襲われたが、あれは単なる警告に過ぎなかったのだろう。そこに彼らを後援している２９１５５部隊と齟齬《そご》が生じたのかもしれないな」

　朝倉は遊覧船で会ったサラーハを思い出した。米兵に対する報復殺人という手口は別として、彼の思いは純粋なのかもしれない。

「サラーハが君に顔を見せたのは、２９１５５部隊としては誤算だったに違いない。だから、躍起になって君を殺そうとしたのだろう。もっとも返り討ちにあったがな」

　ハインズは頷きながら笑った。

「２９１５５部隊が真の敵となれば、こっちも対策を練らないとな」

朝倉は腕組みをして唸った。

5

二月二十六日零時四十五分、エスカレードに乗った朝倉らはホテルを出発し、オーシャン・ブルバードを西に進んでいた。

ハンドルを握るのは、メイプリスという名のＮＣＩＳに入局して一年半というまだ新人である。海兵隊出身で、マルテスと同じくブレグマンのチームに所属している。助手席にはマルテス、後部座席の朝倉の隣りにはむっつりとした表情のハインズが座っていた。

四・五キロ先にあるマートルビーチ州立公園の東の端でオーシャン・ブルバードは１７号線のサウス・キングス・ハイウェイと交わる。州立公園の近くにクリスタル・レイクという小さな湖があり、その湖畔に〝クリスタル・レイク・キャビン〟というキャンプ施設があるらしい。

３ベッドルームとバスルームを完備した山小屋が森の中に幾つも建てられており、その一つに二人の兵士が匿われていた。オフシーズンで客はほとんどいないため人目につくことはなく、隠れ家としては都合がいいらしい。また、職員の保養施設として数棟の山小屋をＦＢＩが保有しているそうだ。すでにＦＢＩに所属する十八名のＳＷＡＴチームが、周辺の警備をしているそうだ。

隠れ家などの情報は、出発直前にハインズの元に現れたＦＢＩ捜査官によってもたらされた。ガソリンスタンドで襲撃されたため、電話やメールを使わないという念の入れようだ。

「武器はハンドガンだけでいいのか？」

朝倉はポケットの上から、グロック２６を触った。防寒着のポケットにすっぽり収まる銃だけに心許《こころもと》ない。セーフハウスを襲撃する者がいるとしたら、激しい銃撃戦になるのは必至である。ハンドガンでは威力不足なのだ。

「襲撃を心配しているのか？　もし、襲われて銃撃戦になったら、我々は参戦しない。というか、ＦＢＩから手出し無用と言われているんだ。ＳＷＡＴの足手まといになると言われたよ。匿われている兵士は、マートルビーチ国際空港まで三・二マイル（五・一四キロメートル）移送され、空軍が用意した輸送機でグァンタナモに運ばれる。我々が出来ることは、それを見届けることだけなんだ」

ハインズは溜息を漏らした。朝倉が提案したようにグァンタナモに送られることになったらしい。はじめてきいた話である。

「すでに二人の兵士の管轄は、ＮＣＩＳから軍に移っているのか」

朝倉は苦笑した。セーフハウスに向かう前にサンドイッチで腹ごしらえをし、酒を飲んだのは気分転換だと思っていた。だが、ＮＣＩＳの仕事ではなくなってしまったため、ハインズはヤケ酒を飲みたい気分だったのかもしれない。

「仕事が終わったわけじゃない。軍の輸送機が空港に到着するのは、まだ四十分ほど掛かるらしい。我々は空港まで兵士と付き添うことを許されている。むろん彼らは囚人じゃないから、会話を楽しむこともできる」

ハインズはにやりと笑った。

エスカレードはマートルビーチ州立公園を通り過ぎ、次の交差点で右折した。道は大きく左にカーブし、二百五十メートルほど先で右折すると、行く手を装甲車に阻まれた。キャンプ場に到着したのだ。

ＳＷＡＴの装甲車はフォードピックアップトラックＦ５５０をベースにした特殊車両で、六・七リッターＶ８エンジン三百三十四馬力、アサルトライフルの７・６２ミリライフル弾にも耐えられる防弾仕様である。

装甲車の陰からＭ４を構えた二人のＳＷＡＴ隊員が現れた。

「ＮＣＩＳ副局長のヘルマン・ハインズと部下だ。証人に会いに来た」

ハインズは後部座席の窓を開け、自分のＩＤを見せた。

「ハインズ副局長、お待ちください」

ＳＷＡＴ隊員がハインズとＩＤの写真を見比べると、無線でどこかに連絡をはじめた。

本部に確認を取っているのだろう。ハインズに会いに来たＦＢＩ捜査官には、ハインズとマルテスとメイプリス、それに朝倉の四人が行くことはその場で伝えてあるそうだ。

「確認が取れました。車は道の端に置いてください。私がご案内します」

　応対してくれたＳＷＡＴ隊員は、銃を下げて歩き出した。

　ハインズはＳＷＡＴ隊員の後ろに立ち、車から降りた朝倉とマルテスに手招きしてみせた。メイプリスは残り、すぐに車が出せるように待機させている。

「俺たちも、行くか」

　朝倉はマルテスの肩を叩いて歩き出した。

　キャンプ場の山小屋と聞いたが、木造とはいえ日本の建売住宅よりは大きいかもしれない。キャンプと言うより、湖畔の別荘を借りる感覚なのだろう。

　五十メートルほど進むと、正面に装甲車が停められているキャビンがあった。近くに二台のシボレーのサバーバンも停めてあり、山小屋の周囲を武装したＳＷＡＴ隊員とスーツ姿の男たちが警戒している。

「ハインズ副局長ですね。私はＦＢＩコロンビア支局のトミー・ベイダー特別捜査官です」

　朝倉とハインズが近付くと、スーツ姿で比較的年配の男がハインズに握手を求めてきた。

「ハインズです。こちらは、部下のマルテス特別捜査官と日本のスペシャル・ポリスのミスター・朝倉です」

ハインズは朝倉を簡単に紹介した。

「あなた方を待っていました。すぐに出発します。この場所は、周囲が開けていて防御するには不利ですから」

ベイダーは朝倉とマルテスに軽く頷いただけで話し始めた。襲撃をかなり警戒しているようだ。

「二人の証人と会話がしたい。同じ車両に乗せてもらえませんか？」

ハインズは笑顔で尋ねた。愛想笑いというやつだろう。

「証人は装甲車で移送しますが、ＳＷＡＴ隊員と証人で定員になります。あなた方を乗せる余裕はありません。空港までは八分で到着します。輸送機が到着するまで時間があるはずです。尋問したいのなら、空港でお願いします」

ベイダーは淡々と言った。ＮＣＩＳはおよびじゃないと、言いたげである。

「そういう事情なら、仕方がないな」

ハインズは言葉遣いこそ平静だが、険しい表情で言った。

「それじゃ、空港で」

ベイダーは振り返って右手を上げて部下に合図をすると、サバーバンの助手席に乗り込んだ。

「俺たちも空港に行こう」

朝倉はハインズの背中を叩き、戻るように促した。

三人は小走りに車に戻り、ＦＢＩが車列を整えるのを待った。

サバーバンが先頭になり、二台の装甲車が続き、最後尾に別のサバーバンが付いた。乗車する姿は見ることができなかったが、二人の兵士は先頭から二台目の小屋の前に停車していた装甲車に乗り込んだはずだ。

ＦＢＩの四台の車列は走り出した。

「付いていくだけでいいんですよね」

メイプリスは最後尾のサバーバンの二十メートル後方にエスカレードを付け、いささか緊張した様子で言った。

「あと三マイル（約四・八キロメートル）付いて行くだけでいい。サウス・キングス・ハイウェイからファロー・パークウェイに左折し、空港の南端にあるゲートから入場する」

ハインズは腕組みをして目を閉じた。

「まだ、輸送機は到着していないんですよね」

マルテスはのんびりと言った。たったの三マイル、それに二台の装甲車と重装備のＳＷＡＴ隊員を見れば、襲撃はないと思っているのだろう。

「我々が空港に到着して、三十分後に着陸する予定だ。ゲートの左側に陸軍の建物がある。

そこで、待機することになっている」

ハインズは目を閉じたまま答えた。

「ここまでは、何もなかったな」

朝倉は息を漏らし、窓の外を見た。

車列は次々と左折し、サウス・キングス・ハイウェイに入った。セーフハウスに向かう時は気にしなかったが、ハイウェイには街灯がなく、右手はマートルビーチ州立公園の深い森が続く。

「やけに暗い道だな」

朝倉は闇の壁になっている森を見た。

森が光った。

装甲車が突然爆発し、左に弾《はじ》け飛んだ。

「何！」

朝倉の声と同時に再び森が光る。

二台目の装甲車に白い煙を吐き出す飛翔体がぶつかり、爆発炎上したのだ。

「ロケット弾だ！　メイプリス、Uターンしろ！」

朝倉は怒鳴るように命じた。対戦車ロケット弾か対戦車弾に違いない。

「はっ、はい！」

メイプリスが急ハンドルを切り、中央分離帯の緑地を乗り越えて反対車線に出た。

背後でサバーバンが次々と爆発し、横転する。

「だめだ！　車から出ろ！」

朝倉は叫ぶと同時に車から飛び出し、路上に転がった。

瞬間、エスカレードは轟音《ごうおん》と共に空中を一回転し、紅蓮《ぐれん》の炎に包まれた。

フェーズ8：残された証人

1

二月二十六日の朝、朝倉はマートルビーチ州立公園の森の中を歩いていた。

周囲ではＦＢＩの捜査官や鑑識課の職員が、現場の調査をしている。片側車線が封鎖されているサウス・キングス・ハイウェイには、昨夜対戦車弾で破壊された五台の車両の残骸《ざんがい》がまだ残されていた。

対戦車弾の襲撃直後、朝倉はさらなる攻撃に備えたが、敵は早々に撤退したらしく、姿すら見ることもできなかった。五台の車はすべて対戦車弾の直撃を受けているため、それ以上の攻撃は不要と判断したのだろう。

一緒に車に乗っていたハインズとマルテスは、朝倉とともに車を飛び出して難を逃れたが、運転していたメイプリスは脱出が遅れて車ごと吹き飛ばされて焼死している。

ハインズは足を骨折したために動くことができず、朝倉はマルテスとともに被害にあった車両の救助にあたった。だが、どの車両の被害も大きく、助けられたのは三人のＦＢＩ職員と四人のＳＷＡＴ隊員だけだった。彼らはいずれも重体で、救急車が駆けつけるまでに二人のＦＢＩ職員が亡くなっている。

　マートルビーチ州立公園の森は、手付かずの自然が残されており、襲撃犯の遺留品を探すにも一苦労である。ＦＢＩ職員はコロンビア支局から二十人も動員されているが、とてもじゃないが人手が足りない。そのため、朝倉やＮＣＩＳ職員であるマルテスも証拠品に触らないという条件で手伝っていた。また、怪我人の搬出と死体の運搬を地元の警察に協力させたが、重要テロ事件という位置付けのため現場の調査からはオミットされている。

「ここにもあったぞ！」

　すぐ近くから声が上がった。

　朝倉は声のする方角に走った。新たな証拠品が見つかったのだろう。

　藪《やぶ》をかき分けると、白い手袋をしたＦＢＩ職員が茶色い筒を持っていた。先ほど声を上げた男だろう。手にしているのは、弾頭口径八十四ミリ滑腔式無反動砲ＡＴ４である。ＡＴ４は筒状の発射器の中にあらかじめ対戦車弾が込められており、射撃後発射器は破棄される。使い捨ての携帯対戦車兵器なのだ。

　これまで、藪の中に使い終わった四つの発射器が見つかっており、新たに発見された分も含めれば昨夜使われたＡＴ４はすべて見つかったことになるはずだ。

「やはり、ＡＴ４か」

駆けつけてきた他のＦＢＩ職員が、大きなビニール製の証拠品袋に発射器を収めた。

「これで、すべて発見されましたね」

マルテスもやって来た。

「ＡＴ４は、イスラム系テロリストが使うような武器じゃないはずだ。闇のルートでも簡単に手に入るとは思えない。陸軍から流れているんじゃないのか？」

朝倉はＦＢＩ職員の作業を見ながらマルテスに尋ねた。

「そんなところだと思いますよ。発射器の製造番号が分かれば、出所が分かるはずです。そう思って、現場検証を手伝ったんですがね。面目ないことに、一つも見つけられませんでした。ＦＢＩが証拠品の情報を開示してくれるといいんですが」

マルテスは苦笑いをしてみせた。

「イスラム系テロリストにせよ、２９１５５部隊せよ、ＡＴ４を使うとはな。大胆だが、理にかなっている。ロケット弾を発射器に装填《そうてん》するＲＰＧ７の類では、車列を連続して狙うことはできなかったはずだ」

朝倉はそう言うと、マルテスに自分のスマートフォンの画面を見せた。

「あっ、いつの間に」

マルテスが声を上げ、慌てて自分の口を塞いだ。

「伊達《だて》に徹夜で森の中をうろついていたわけじゃないんだ。ＡＴ４を見つけて製造番号を写真に収めてからＦＢＩ職員に教えたんだ。見つけたのは二つだけだが、それで充分だろう」

朝倉は小声で言った。

「さすがですね。そろそろホテルに戻りませんか？」

マルテスは腕時計を見て歩き出した。時刻は午前七時十分になっている。午前九時八分マートルビーチ国際空港発のシャーロット・ダグラス国際空港行きアメリカン航空に乗る予定だ。病院で手当てを受けてホテルに戻っているハインズから連絡を受けていた。

森を抜け出た二人は、サウス・キングス・ハイウェイで待った。マルテスがウーバーで車を手配したのだ。

十分後、ファミリーカーであるシボレーのボルトが二人の前に停まった。規制線で警備にあたっているＦＢＩ職員に、ウーバーで車を頼んであることは知らせてあったのだ。

「オーシャン・ワン・リゾート」

マルテスが行き先を告げた。

朝倉はドアを閉めると、座席に深々と座った。さすがに復帰後の仕事で徹夜は体に応《こた》える。

「ミスター・朝倉、着きましたよ」

マルテスが体を揺さぶった。

「……座ったばかりだぞ」

朝倉は驚いて体を起こし、周囲を見回した。いつの間にかホテルの玄関に車は着いている。現場からホテルまでは七、八分の距離だが、座席に座った途端に眠ったらしい。

自室に戻り、すぐにシャワーを浴びた。車から飛び降りた際に身体中擦り傷だらけになっている。こびりついている血を流した。マルテスも似たようなものだった。

「腹減ったな」

熱いシャワーで頭がすっきりすると、腹の虫が鳴った。だが、すぐにチェックアウトしなければならない。

朝倉は着替えると、荷物をまとめて部屋を出た。

エレベーターホールで松葉杖をついたハインズが立っていた。傍にマルテスの姿もある。

「ハインズ、大丈夫か」

朝倉は二人に並ぶと、遠慮がちに尋ねた。ハインズが憔悴《しょうすい》しきっているからだ。

「私のことなら、心配はいらない」

ハインズは小さく首を振ると、ポケットからスマートフォンを出して渡してきた。朝倉のスマートフォンである。任務に失敗したために管理する必要がなくなったということだろう。メイプリスの死が相当応えているようだ。ハインズは自分に厳しいだけに、部下の死に責任を感じているに違いない。

「スケジュールを教えてくれ」

朝倉はスマートフォンの電源を入れると、声を落とした。残りの二人の兵士を尋問し、グァンタナモ米軍基地に送り出す仕事が残っている。敵は朝倉らよりも常に先を行っているようだ。第一の目的である犯人探しは今まで以上に困難が予想されるだろう。

「とりあえず、クワンティコに戻ろう。ブレグマンらを呼び戻している。態勢を整えなければならない。それにメイプリスの葬儀もな」

ハインズは力なく答えた。

エレベーターが開くと同時に、手元のスマートフォンが短い呼び出し音を上げた。溜まっていたメールが着信したようだ。タイトルだけ見ると、「至急電話をください」という佐野からの最新のメールがあった。スマートウォッチを見ると、午前七時四十八分、日本時間なら午後九時四十八分で、佐野は残業しているようだ。エレベーターに乗り込んだ朝倉は電話を掛けた。

「連絡が遅くなりました。私です」

――忙しいようですね。こちらでの捜査はあまり進展ありませんが、科捜研から朗報が来ましたので報告します。

佐野の声が珍しく弾んでいる。朝倉の悲惨な状況を説明するのは、後にしよう。

「科捜研？　例の煙草の吸殻の件ですか？」

——そうです。科捜研の熱心な研究員が、どこの煙草か突き止めたのです。ロシアで生産されているカズベック・オーバルという両切りの煙草です。

「ロシアの煙草？」

——遺留品は独特の香りがあるトルコ葉だそうで、それで、トルコ葉の煙草を片っ端から集めて分析したんです。我々も協力しましたが、日本では手に入らない種類もありましたので随分と苦労しましたよ。報告書はメールに添付しました。

佐野の低い笑い声が聞こえる。

「ありがとうございます。こっちも進展があったら連絡します」

拳を握りしめた朝倉は、電話の向こうの佐野に頭を下げて通話を終えた。自分だけ捜査に加わっているわけではないことを、改めて思い知らされた気がする。様々な捜査員や職員が奔走《ほんそう》しているのだ。特別捜査官になったからと言って、自分勝手に動いていいわけではない。

「日本からの連絡ですか？」

マルテスが尋ねて来た。日本語で話していたので興味があるのだろう。

「ああ、激励の電話だったよ」

朝倉は笑うと、開いたドアからエレベーターを降りた。

2

クワンティコ国立墓地、二月二十九日、午前九時。

寒風が吹き荒《すさ》ぶ中、星条旗が掛けられた棺桶《かんおけ》の前に三十人ほどの軍人やダークスーツの民間人が椅子に座り、二人の正装の海兵隊員が棺桶の両端に立つのをじっと見守っている。

ブラックスーツ姿の朝倉は、二列目の端の席に座っていた。その隣りにはハインズの姿もある。三日前に対戦車弾による攻撃で命を落としたメイプリスの軍葬が厳かに行われているのだ。

メイプリスは海兵隊員であったが、ＮＣＩＳに入局した時点で民間人になっている。だが、ハインズは、海兵隊総司令官に彼は国のために働いて死んだのだと掛け合い、軍葬の実行まで漕《こ》ぎ着けたのだ。

二人の海兵隊員は、棺桶を覆っていた星条旗を折り畳んで三角の形にすると、最前列の中央に座っているメイプリスの母親の前で膝立ちになり、恭しく星条旗を渡した。父親も海兵隊員で、湾岸戦争で亡くなったらしい。

棺桶の近くに立っている兵士が〝タップ〟と呼ばれる葬送ラッパを吹く。切ない鎮魂のメロディーである。

ラッパの演奏が終わると、傍に立っていた三人の儀仗《ぎじょう》兵がＭ１４を構え、〝スリー・ヴォリィ・サルート〟と呼ばれる三発の空砲を空に向かって撃った。葬式の場合、儀仗兵は奇数と決まっている。

「締め付けられるな。心が」

ハインズは唇を噛み締めて呟いた。

「ああ、魂が揺さぶられる」

朝倉はメイプリスの母親を見た。気丈に振舞っていたが、葬送ラッパのメロディーに耐えられなくなったらしく、俯いて肩が震えている。

母親の横に座っているブレグマンが、彼女の肩を抱いて背中を優しく叩いた。

彼とエスコバーの二人は昨夜米国に戻っている。本来ならハインズが最前列に座るべきなのだが、ブレグマンの方がメイプリスの肉親との付き合いがあるという理由で辞退した。だが、本当は彼の死に責任を感じ、遺族の近くにいる資格はないと思っているのだろう。

どこまでも自分に厳しい男なのだ。

墓穴に柩《ひつぎ》が下ろされた。

参列者が立ち上がり、最前列から柩に土を被せていく。

朝倉もハインズのすぐ後ろに並んで柩に土を被せると葬儀の場から離れた。

「一緒に本部まで来てくれ」

ハインズは松葉杖を突きながら、墓地を抜けるクワンティコ・ドライブに向かった。朝倉は無言で従う。墓地にはホテルからタクシーに乗って来た。葬儀が終わったら、どのみち本部に行こうと思っていた。

クワンティコ・ドライブにはエスカレードが停めてあり、朝倉とハインズは後部座席に乗り込んだ。運転席にはマルテス、助手席にはブレグマンが座っている。誰しも墓地の空気を引きずってか、車に乗っても口をきこうとしない。

「さきほど、死の紋章という組織から犯行声明が出された」

車が走り出すと、ハインズは口を開いた。

「死の紋章？」

朝倉はハインズの横顔を見た。昨日までは憔悴しきっていたが、式の時もそうであったように毅然とした態度をしている。上に立つ人間だけに、闘う意志を固めたのだろう。

「代表は、サード・サラーハだと記されていた。イラクで無慈悲な犯罪に手を染めた米兵に血の代償を払わせたという趣旨の犯行声明が、複数の政府機関にメールで送られてきた」

「米兵の生き残りもあと二名になり、２９１５５部隊が作戦を成就《じょうじゅ》しようとしているらしい。サラーハもそれに従っての行動なのだろう。いいように利用されているのかもしれないがな。だが、そのメールが本物かどうかは分からないはずだ」

朝倉は腕組みをして言った。

「これまでの米兵を殺害した犯行が詳細に記されていた。公になっていないことまで書かれていたよ。疑う余地はない。ただ、イラクのラッシャル・アッハール村の虐殺のことまでは書かれていなかった。おそらく残された二人の兵士を殺害したら、世界中に第一四八任務部隊第二小隊の悪行を喧伝《けんでん》するつもりなのだろう。その方がセンセーショナルだからな。２９１５５部隊というか、プーチンの狙いは米国の失墜だ。イラクから米軍が完全撤退すれば、アフガンもそうなるだろう。米軍が中東からいなくなれば、ロシアの天下になる」

ハインズは抑揚のない声で答えた。

「とすれば、彼らに勝つには残りの二人の命を守り、彼らを米国の法のもとで裁くことだな」

朝倉は鼻息を漏らした。新たな犯罪を未然に防ぐには、二人の犯罪者を守るということだ。なんとも不愉快な話である。

「今日の夜、二人を移送する。グァンタナモに無事届ければ、手出しはできなくなるだろう。最後に勝利するのは、我々だ。そのためにも、君の協力が必要だ」

ハインズは朝倉を凝視した。

「この借りはきっちりと返さないとな」

眉間に皺を寄せた朝倉は、拳を硬く握った。

３

ニューヨーク、マンハッタン、午後七時。
朝倉はウエスト２６番ストリート沿いの閉鎖されたビルの九階の一室にいた。マンハッタンのミッドタウンウエストおよびチェルシーのハドソン川沿いのエリアでは、ハドソン・ヤードと呼ばれる大規模な都市開発が行われており、その周辺にある古いビルの開発も進められている。

朝倉がいる建物は一九五〇年代に建設された九階建ての鉄筋コンクリートのビルだが、二〇二一年に取り壊して建て替えることが決まっている。また、その向かいにある一九六〇年代の外装に煉瓦が使われている八階建てのビルも同じく取り壊しが決まっているが、閉鎖になるのは三ヶ月後であった。

部屋は八十平米ほどあり、壁際にノートPCが載せられた長机が置かれている。朝倉は二台のパソコンの画面を見つめていた。

向かいにある煉瓦のビルの最上階である八階のフロアーには、古びた外装と違ってビジネスホテル並みの部屋が五部屋ある。そこに第一四八任務部隊第二小隊の生き残りの二人が匿われていた。マートルビーチの隠れ家は人目に付かない森の中だったが、こちらは、大都会の開発地区という意表を突く場所にあったのだ。また、朝倉がいる見張り所となっているビルの九階は、煉瓦のビルと同様、その監視用としてＦＢＩが管理している。

朝倉の見ているモニターには、煉瓦のビルの前の道路、玄関、八階の廊下と各部屋を見渡せる監視カメラの映像が分割表示されていた。サラーハが現れればと監視しているのだ。クワンティコから専用機に乗ってジョン・Ｆ・ケネディ国際空港に六時間前に到着し、この監視所に直行した。

朝倉の他にもＮＣＩＳの捜査官が三人ほど詰めており、ビル周辺道路の監視カメラの映像を見ている。隠れ家と監視所にＦＢＩ職員はいない。すべてＮＣＩＳの捜査官だけで監視と見張りを行っている。ＦＢＩは施設を提供しているが、二人の兵士の移送と護衛からは手を引いていた。ＮＣＩＳは海兵隊の憲兵隊に、隠れ家であるビル周辺と移送の際の警護を依頼している。

「ミスター・朝倉」

右隣りにいるフィッツという捜査官が自分のパソコンのモニターを指差した。

朝倉は席を立ち、フィッツの背後から彼のモニターを見た。少し離れた通りをターバンを頭に巻いた二人の男が歩いている。アラブ系というより、インド系の顔をしていた。フィッツはアイルランド系の白人で、アラブ系とインド系の区別もつかないようだ。

「違う」

朝倉は軽く首を振ると、自分の席に戻った。この数時間何度も同じことがあったので、朝倉もフィッツも会話はない。

ドアが開き、ピザのパッケージを両手で抱えたマルテスと紙袋を提げたブレグマンが入って来た。

「晩飯にするぞ」

ブレグマンが部屋の中央にあるテーブルに紙袋から出したソフトドリンクを置くと、マルテスがパッケージを開いてピザを並べた。秘密の監視所だけに宅配は頼まずにテイクアウトにしたようだ。

「ピザか」

朝倉はパッケージの一つを摑んで自席に戻り、パソコンのモニターを見ながらピザを摘んだ。ピザは十六インチサイズ、直径約四十センチあるが、味に飽きなければホールごと食べられるだろう。シンプルなマルゲリータピザだが、少々オイリーではある。

「トムとジョンソンの移送は、予定では午前零時だ。それまで五時間あるが、やつらが現れるとは限らない。あまり、気を張るな。無事に二人をグァンタナモに届ければ、とりあえず第一ラウンドは俺たちの勝ちだ」

ブレグマンはジャケットを脱いで椅子に座ると、ソフトドリンクを飲んだ。兵士らの名前は、タイラー・マッシーニーとジョッシュ・ダニーという名前だが、情報漏洩に備えてトムとジョンソンというありふれた名前のコードネームが付けられているのだ。

「そうですよ。マンハッタンの隠れ家が、敵に知られているとは限りませんから」

マルテスもピザを摘んで食べ始めた。

「敵を捕まえるのなら、もっと時間が欲しい。日数を掛けてじっくりと炙《あぶ》り出すべきなんだ」

朝倉は早くも二枚目を食べながら不満を漏らした。

「私もそう思うが、我々ではどうしようもない。一昨昨日《さきおととい》のテロで職員が大勢死傷したためにＦＢＩ上層部が、統合参謀本部にクレームを入れ、明日の朝には証人保護プログラムは解除すると一方的に通告してきた。移送する他ないんだ」

ブレグマンは溜息を吐きながら、ピザを飲み込んだ。

「まあ、ＦＢＩにとって厄介者を預かっている理由はない。彼らが撤退するのも分かる」

朝倉は首を振ると、三枚目のピザに手を出した。この手のピザは、食べ飽きる前に早食いするに限るのだ。

「結果的に統合参謀本部でも、トムとジョンソンを早く軍法会議で裁くべきだということになった」

「捜査に政治が絡むと、厄介だな。……待てよ」

朝倉は立ち上がると、食べかけのピザをパッケージに投げるように戻した。

「どうした？」

ブレグマンはピザを手にしたまま首を捻った。

「正直に言わせてもらおう。俺にはトムもジョンソンもどうでもいい。サラーハの一味とその背後にいる２９１５５部隊関係者を逮捕し、法の下で裁くことだ」

朝倉はそういうと、ドア近くのフックに掛けてある自分のジャケットを取り、部屋を出た。

「待て！　どこに行くんだ？」

ブレグマンがジャケットを手に追いかけてきた。

「退屈な監視カメラの映像を見ている場合じゃないだろう」

朝倉は歩きながら答えた。

「どういうことだ？」

駆け寄ってきたブレグマンが並んで聞いてきた。

「やつらをこの目で見つけるんだ」

朝倉は自分の目を指差すと笑った。

4

マンハッタン、ミッドタウンウエスト、午後九時二十分。

朝倉はウエスト27番ストリートから10番アベニューに出ると、ナイトクラブ〝マーキー・ニューヨーク〟の前を通り過ぎた。

二時間前から、トムとジョンソンというコードネームで呼ばれている二人の兵士のセーフハウス周辺を歩き回っている。犯人の一人、サード・サラーハを見つけるためのパトロールだとブレグマンに説明した。彼もそんな話を信じているわけではない。朝倉が外をうろつけば、敵が襲撃してくることを期待している。いわば囮なのだ。子供じみた作戦だとは自覚しているが、見張り所とされている部屋で監視映像を見ていることに耐えられなかったというのが本音である。

ブレグマンとマルテスは10番アベニューに停めてある車の中で待機していた。二人とは、無線で常に連絡を取り合っている。

――一度、本部に戻ろう。コーヒーを飲んで、体を温めないか？　おまえも寒いだろう。氷点下のマンハッタンを彷徨《うろつ》くのは、馬鹿げている。

ブレグマンからの無線だ。本部とは、見張り所であるビルの九階のことである。

「歩き回っているから、寒くはない。だが、一時間ほどしたら水分の補給はしたいな」

朝倉は両手に息を吹きかけて温めた。気温はマイナス一度、体感温度はそれ以下だ。早足で歩いているためなんとか寒さが凌《しの》げているが、露出している手と顔はハドソン川の冷気を含んだ寒風にさらされている。

——それにしても、二時間も歩き回って平気なのか？　現役の兵士と変わらない体力を持っているな。

「病み上がりだから、リハビリのようなものだ」

朝倉は寒さで強張った顔で笑い、路肩に停まっているフォードのフィエスタをちらりと見た。助手席にブレグマン、運転席にはマルテスが乗っている。

——タフな男だな。私はトイレ休憩をさせてもらうよ。

ヒーターを点けた車の中でも、そのうち体は冷えてしまう。動かない分、トイレに行きたくなるのだろう。

「勝手に行ってきてくれ」

朝倉は気にせずに次の交差点で右に曲がり、ウエスト２６番ストリートに入った。二車線の一方通行の道で、右側の路肩にブルーにカラーリングされたシティーバイクが整然と停めてある。自転車の貸出も返却も無人でできる上、二十四時間パスも十二ドルとリーズナブルで、住民だけでなく観光客にも人気があるそうだ。

　交差点から四十メートルほどで、ハイ・ラインの高架下を潜る。かつてニューヨーク・セントラル鉄道の支線であったウエストサイド線が廃止され、その高架橋の跡が整備されて二・三キロの空中緑道と公園が造られた。車の排ガスを気にせず、信号に邪魔されることなく歩くことができる。

　やがて外装が煉瓦のセーフハウスになっているビルの前を通り、1番アベニューに出て左折し、六十五メートルほど歩いて今度はウエスト２５番ストリートに入った。上空から見れば、大きな8を描くようなコースを歩いているのだ。

　ウエスト２５番ストリートはビル工事のため車線が狭くなっており、この時間でも渋滞気味である。再び１０番アベニューに出て、ウエスト２６番ストリートの交差点まで進む。左に曲がれば、8の字の一周が終わるが、距離的には一キロほどである。

　高架下のハイ・ラインに通じる階段下にフードを被った男が立っている。

「むっ！」

　朝倉は眉を吊り上げると、突然走り出した。朝倉の顔を見た男が、慌てて階段を上って行ったのだ。高架下の照明に照らし出された男は、目元はよく見えなかったがサラーハに背格好が似ている。しかも逃げ出したということは、朝倉の顔を認識しているということだ。

「こちら、朝倉。サラーハらしき男を発見！　容疑者を発見！」

朝倉はジャケットの襟に付けられた無線機のマイクで連絡すると、階段を駆け上がった。

――ブレグマンだ。どこにいる！

「容疑者は、ハイ・ラインを逃走中」

朝倉は階段を上り切り、左を見た。鉄道跡だけに遊歩道はひたすらまっすぐ続いている。二十メートルほど先にカップルと思われる男女が歩いていた。すかさず右を見ると、背の高い男が走っている。

「いたぞ！　男は南に向かっている」

猛然と走った。

――了解！　車で先回りする。

「頼む」

朝倉は全速で走る。脇腹が痛むが、傷は開くことはないので無視だ。

男は四十メートル先を走っている。

「フリーズ！」

怒声を浴びせた。

男は振り返った瞬間、つまずいて転んだ。米国で「フリーズ！」は動くなというより、撃つぞという意味の方が強い。男は朝倉が銃を持っているか確認するために、振り返ってバランスを崩したのだろう。

る。逃げ出したために疑う余地はなかったのだ。

「たっ、助けてくれ」

男は悲鳴を上げた。

「何で逃げた！」

朝倉は男の胸ぐらを掴んで激しく揺さぶると、右手でその首を掴んだ。

「……金を貰った。……あんたを見たら、逃げろと言われたんだ。事前に見せられた写真で、あんただと分かったんだ」

男は苦しそうに答えた。

「誰から、貰った？」

「しっ、知らない。……はっ、白人だ。はじめて会ったんだ」

男は口からよだれを垂らしながら言った。少々、首を締めすぎたらしい。

「……待てよ」

朝倉は男を遊歩道に転がすと、反転して走り出した。

「ブレグマン！　男は、偽者だった。セーフハウスに変わりはないか！」

朝倉は走りながら無線連絡をした。

——待ってくれ。……大丈夫だ。今確かめたが、異状はないようだ。

セーフハウスに詰めている職員に聞いたのだろう。ブレグマンは少し間を置いて答えてきた。

取り越し苦労だったらしい。追いかけた男が偽者だったということは、陽動作戦だと思ったのだ。朝倉やＮＣＩＳの職員を別の場所に引きつけ、セーフハウスが手薄になった隙に襲うという作戦ではなかったのか。意味もなく、あんなことをさせたとは思えない。

ウエスト２６番ストリートの高架橋にある階段を駆け下りた。

爆発音。

「何！」

セーフハウスのビルに向かって走った。煉瓦のビルの八階から猛烈な黒煙が上がっている。道路にはガラスやコンクリート片などの瓦礫《がれき》が落ちていた。爆弾が爆発したに違いない。

「うん？」

朝倉は、両眼を見開いた。

ビルの一階から、背の高い男が逃げていくのだ。

朝倉は男の後を追った。

「ブレグマン！　不審者を追跡中！」

——場所は？

「セーフハウスの西！」

朝倉は全速で走っているため、詳しく話せなかった。

男は１１番アベニューを渡り、ウエスト２６番ストリートをなおも西に向かう。朝倉は交差点を渡る車にクラクションを鳴らされながらも走り抜けた。男との距離は、七十メートルほどか。全力で走っているが、さっきよりも脇腹が痛む。

「どこまで逃げる気だ」

朝倉は脇腹を押さえながら走った。体力はまだ戻っていないようだ。息も切れてきた。

１２番アベニューも横切った男はハドソンリバー・パークに入り、岸壁の遊歩道を南に向かった。男は百五十メートルほど先の緑地になっている桟橋の遊歩道に進入した。桟橋にはモーターボートが停泊している。

男は桟橋の柵を乗り越えて、ボートに乗り込んだ。怒声が響く。何かもめているらしい。ボートから別の男が降りてくると、柵に結び付けてあるロープを解《ほど》いた。

「させるか！」

ポケットからグロック２６を抜くと、遊歩道を走った。

ロープを解いた男が朝倉に気付き、発砲してきた。

走りながら朝倉は反撃して男の肩を撃つと、柵を飛び越えてボートに飛び込んだ。

別の男が船尾に乗っており、振り向き様に発砲してきた。

朝倉は男の足に銃弾を撃ち込み、前のめりになった男の胸に掌底打ちを入れてボートから突き落とした。川に落ちた男は、ばたついているが溺《おぼ》れることはないだろう。最初に撃った男は、桟橋の柵に摑まって蹲《うずくま》っている。死ぬほどの怪我ではない。だが、彼らは青酸カリを飲んで服毒死する可能性はあるだろう。

「むっ！」

朝倉は尻餅を突いた。ボートが発進したのだ。

逃げていた男がボートの操縦をしている。他に人はいない。

「ボートを止めろ！」

立ち上がった朝倉は、男の後頭部に銃口を突きつけて言った。その横顔は紛れもなくサラーハである。

「撃つな！」

サラーハは右手でハンドルを握り、左手でジャケットの片袖を脱いだ。

「何！」

朝倉は後ろに引いた。サラーハは自爆ベストを着ていたのだ。

5

ニューヨーク、アッパー湾、午後十時十六分。

朝倉はモーターボートのミッドシップ（ボートの中央部分）に座っていた。ボートの全長は十一メートルほど、船外機エンジンを一機搭載している。定員は十名から十二名といったところか。朝倉は一級船舶免許を持っており、それなりに小型船舶には詳しい。

「いつまで、そうしているつもりだ」

朝倉はガンネル（船べり）に左腕を載せ、右手の銃をサラーハに向けたまま言った。

ハドソン川を下ったサラーハは、自由の女神の三キロほど下流でボートのエンジンを切って川の流れに任せている。満ち潮になっているのか、ボートは下流に流されることなく、漂っていた。

サラーハは自爆ベストを装着しているので、迂《う》闊《かつ》なことができない。ちらりとスマートウォッチで時間を確かめた。午後十時十六分、かれこれ三十分以上、銃を握っているようだ。ブレグマンに連絡を取りたかったが、サラーハから連絡したら自爆すると言われている。

「……一人になってしまった」

操舵《そうだ》席に座ってぼんやりとマンハッタン島を見つめていたサラーハは、ボソリと言った。

「さっきの爆発で、仲間が死んだのか？」

サラーハと同じ自爆ベストでテロを行っていたのなら、爆死したのだろう。

「二人の仲間がいた。俺たちは自爆ベストを着せられたのだが、卑劣な四人の米兵を殺害できるのなら、それでいいと思った。最後の攻撃だからだ。だが、それはあくまでも自分で自爆のタイミングは選べるという条件だった。俺たちは、無線で連絡を取り合って死ぬときは同時に起爆スイッチを押すことになっていたのだ。だが、自爆ベストのボタンに関係なく、爆弾は爆発した。遠隔操作だったのだ」

サラーハは右手の拳で自分の頭を叩きながら答えた。

「どうして、おまえの爆弾だけ爆発しなかったのだ？」

朝倉は「卑劣な四人の米兵」という言葉が気になりつつも質問を続けた。

「分からない。我々は例のビルの屋上から侵入した。だが、急に気分が悪くなったんだ。それで俺だけトイレに行ったのだ。情けない話だが、死ぬ覚悟がなかったらしい。それでも、意を決して、仲間のところに行こうとしたら突然爆発したのだ」

「爆発音が一つしか聞こえなかった。二つの爆弾が同時に爆発したというのなら、遠隔操作されたとみて間違いない。おまえは、八階の共同トイレに入ったんだな？　あそこは電波が遮蔽されているそうだ」

煉瓦のビルの八階には、ビジネスホテルクラスの五部屋とＦＢＩ職員のための詰所である部屋と仮眠室、それに共同トイレがあると聞いている。すべての部屋に監視カメラと盗聴装置が設置してあるそうだ。

だが、各部屋のシャワールームと共同トイレには監視カメラと盗聴装置を設置しない代わりに、電波を遮蔽《しゃへい》する壁で作られているとブレグマンから説明を受けている。匿う証人に通信機器は与えられないが、もし与えた場合にはプライバシーを守り、なおかつ隠れて外部に連絡が取れないようにしているのだ。

「そういうことだったのか」

サラーハは両手で頭を抱えた。

「ところで、さっき、おまえは卑劣な四人の米兵と言ったが、前の襲撃の人数を入れてということか？」

朝倉は先ほど疑問に思ったことを尋ねた。

「何を言っている。日本で殺害した米兵を引けば、残り四人だ。隠れ家に四人ともいたはずだ。違うのか？」

サラーハは顔を上げて尋ねてきた。

「すでに二人死んでいる。サウスカロライナ州のマートルビーチで、おまえたちは、移送中の二人の米兵と護衛に就いていた二十人もの米国人の命を奪っている。忘れたのか？」

「何の話だ？　俺たち三人は日本の横須賀基地から横田基地に移動し、輸送機でグアムのアンダーセン空軍基地に行った。そこから、米国籍のパスポートを使って民間機でニューヨークに着いて潜伏していた。だからマートルビーチには行ったこともない。そもそも、卑劣な米兵を殺すために他人を巻き添えにしないように心がけてきた。だから、俺の替え玉を使って、おまえやＮＣＩＳの職員を現場から遠ざけたのだ。二人を殺すために二十人も殺すなんて、俺たちの主義に反する」

　サラーハは朝倉の顔をじっと見つめながら、首を横に振った。

「今日、死の紋章という組織が犯行声明を出した。おまえが代表らしいぞ」

　朝倉は腕組みをして言った。サラーハが今さら嘘を吐く必要はないだろう。マートルビーチでの対戦車弾攻撃は、２９１５５部隊の仕業だったのだろう。サラーハの名で犯行声明を出したのは、隠蔽工作だと朝倉とハインズは見ている。イスラム過激派の名を借りてテロを行えば、ロシアは怪しまれないからだ。

「死の紋章？　なんのことだ？」

　サラーハは首を捻っている。

「おまえが書いたという宣言文には、『米兵に血の代償を払わせた』ともっともらしいことが書かれていた。おまえらは、完全に利用されていたらしいな。それを知った上でロシア人に手伝わせていたんだろう？」

　朝倉は鼻先で笑った。

「血の代償か、俺たちがよく使う言葉だ。ロシア人のことを知っているのか？」

「俺の命を狙ったのは、ロシアの２９１５５部隊だと思っている。そうなんだろう？」

　朝倉はサラーハを睨んだ。

「聞いたことはない。俺たちを世話した連中とは、六年前にバグダッドで会った。彼らはロシアの貿易商だと名乗った。実際、イラクで武器の売買やコカインの買い付けなどをしていた。だから、闇の商人だと思っていたのだ。だが、数年前に俺が密《ひそ》かに米兵を暗殺しているのを知ると、彼らは無償で協力してくれた。やつらがロシアの情報機関に所属していることは、薄々は感じていた。それが２９１５５部隊という名かは、知らないがな」

　サラーハは大きな溜息を漏らした。

「詳しい話はまた聞かせてくれ。とりあえず、その自爆ベストを脱いだらどうだ。アッパー湾のど真ん中にいるのも、遠隔装置の電波を受けないようにしているからなんだろう？　それとも、他人に迷惑を掛けずに、自爆するためか？」

　朝倉はグロックをジャケットのポケットに仕舞った。

「遠隔装置の電波から逃れたかったのだ。今は死ねない。仲間が流した血の代償を、やつらに払わせなければならないからだ。だが、このベストは自分で脱ぐと、爆発すると言われた。正直言って、どうしたらいいのか分からない」

サラーハは険しい表情で首を振った。

「俺は以前、自衛隊のある特殊な部隊にいた。だから、爆弾解除の知識がある。ベストを見せてくれないか。俺もおまえと心中するつもりはないんだ」

朝倉は立ち上がると操舵席前のコンソール下にあるパネルを開け、樹脂製の道具箱を出した。このサイズのボートなら船尾のロッカーということもあるが、勘は当たった。特戦群で爆弾解除の専門的知識を得て訓練も受けている。デジタルの高度なトラップがあるような爆弾は難しいかもしれないが、テロリストが使うような爆弾なら解除する自信はあった。

「元軍人なのか？」

サラーハは怪訝な表情をしている。

「俺は軍事演習で負傷し、オッドアイになった。警官になる他なかったんだ」

朝倉は道具箱からハンドライトを出し、自爆ベストを照らした。

「いろいろありそうだな。日本人」

サラーハは鼻から荒い息を吐いた。

「俺は、俊暉・朝倉だ」

朝倉はサラーハの背後から自爆ベストを調べた。

「どうだ？」

「まず、ベストの前にある起爆ボタンは、フェイクだ。配線が繋がっていない」

サラーハらは、フェイクの起爆ボタンで自爆できると騙されていたのだ。

「くそっ！　あのロシア人め！」

サラーハは両手の拳を振って悔しがっている。

「動くな！　爆薬に繋がっているのは、背中に付けてある携帯電話だ。こいつが遠隔起爆装置になっている。外部から電話を掛ければ爆発する仕組みだ。爆死した他の二人も同じ仕組みの起爆装置が付けられていたに違いない。だが、おまえのは壊れている。仲間が自爆テロを起こした時に爆風でも浴びたのか？」

「トイレの天井が崩れて、俺は下敷きになったんだ。もう大丈夫か？」

サラーハは背中を見ようと首を伸ばした。

「動くなよ。携帯電話の起爆装置の他に、もう一つ別なのが背中側に付いている。構造は簡単だが、ベストを無理に脱ごうとすれば、リレースイッチを塞いでいた絶縁体が引っ張られて外れ、起爆装置に電流が流れる仕組みになっている」

朝倉は咳《せき》をするように小さく笑った。配線のトラップもなく、爆弾の仕組みを知っている人間なら誰でも解除できる。だが、ベストを装着した者が、一人で脱ぐことはできない。

「外せそうか？」

「大人しく逮捕されるなら外してやる」

「逮捕しても、何も話さない。ただし、俺に協力するのなら、すべて白状しよう」

サラーハは朝倉に自分の顔を突きつけた。

「条件を出せる立場だと思っているのか？　馬鹿馬鹿しい」

朝倉は第二の起爆装置のリレースイッチが作動しないように、絶縁体を挟み込んだ状態でビニールテープを巻いて固定した。だが、さらに配線を切断しなければ安心はできない。

「ロシア人の組織を舐《な》めるなよ。俺を逮捕すれば、口封じに俺は殺されるだろう。米軍だろうとＦＢＩだろうと、どこからでも情報を得ることができるからだ。俺を逮捕しても、米軍がイラクで大罪を犯した事実だけが公表されてお終《しま》いだ。だが、俺なら、少なくとも米軍内のロシア人を見つけることができる。俺を逮捕して死刑にしても、喜ぶのはロシア人だけだぞ」

サラーハは声を上げて笑った。

「……だからと言って悪事に加担するつもりはない。諦めろ」

朝倉は戸惑った。サラーハの言う通りである。これまで何度も敵に襲われたのは、情報が漏洩しているからだ。

「俺たちの背後で動いていたロシア人を倒す。そいつを捕まえるのを手伝ってくれ。その後なら、俺を逮捕するなり、殺すなり、好きにしろ。だから、頼む。爆弾を解除してくれ。

このままじゃ、苦労を共にしてきた仲間が救われない」

サラーハの目に涙が浮かんだ。

「血の代償か」

朝倉はふっと笑うと、ニッパーで起爆装置の配線を切断した。

フェーズ９：血の代償

１

クワンティコＮＣＩＳ本部、午後十時三十四分。

ハインズは書類を手に自室を出ると松葉杖を突いて廊下の奥に進み、何の表示もされていないドアの前に立った。おもむろに自分の首に掛けてあるＩＤを壁のスキャナーに読み込ませてドアを開ける。

六十平米ほどの薄暗い部屋の正面に、百インチのモニターを中心に大小のモニターが壁に並んでいる。通信指令センターと呼ばれる部屋で、海外勤務するＮＣＩＳ捜査官だけでなく、米軍基地の司令部などとも極秘の通信ができるという施設だ。

モニターに向かって左手にはパソコンの画面に向かって三人の職員が作業をしており、右側にもパソコンのデスクが壁際にあった。その手前にはゆったりとしたソファーとテーブルが置かれ、フランク・ゴードン局長がソファーにしかめっ面で座っている。

「マンハッタンの状況を一から説明してくれ」

ゴードンは険しい表情を崩さずに尋ねてきた。

「時系列に従って説明します。二十一時二十四分。朝倉スペシャルポリスから容疑者サラーハ発見の連絡。二十一時二十七分、朝倉スペシャルポリスから逃走者は偽者と連絡。二十一時二十八分、ブレグマンは、セーフハウスの安全を確認し、同時に避難命令を出す。セーフハウスの二人の証人である兵士と監視をしていた二人のＮＣＩＳ捜査官は、パニックルームに避難。二十一時三十分、セーフハウスが自爆テロで爆破される。この爆発で、証人のジョッシュ・ダニー軍曹が死亡。ＮＣＩＳ捜査官のロジャー・ニコルズとジム・スローター、それに証人のタイラー・マッシーニー上等兵が負傷。現段階で分かっていることは以上です」

ハインズは持っていた書類の内容をかいつまんで説明すると、ゴードンに渡した。

「書類に記載はないが、朝倉スペシャルポリスは、どうしたんだ？　行方不明のままか？」

ゴードンは書類にさっと目を通すと、尋ねた。

「最新の報告は、ブレグマンからさせます」

ハインズは百インチの中央モニターの前に立ち、近い席の職員に頷いて見せた。

中央モニターにブレグマンが映った。

「副局長。私を2番モニターに映してください。中央モニターには監視映像を流します」

ブレグマンはマジシャンのように、右手で中央モニターの右側にある2番モニターを差した。彼も本部に勤務しているため、通信指令センターのことはよく知っている。職員がモニターを操作し、ブレグマンの映像が2番モニターに変わり、中央モニターには外壁が煉瓦のビルの玄関口とウエスト２６番ストリートが映し出された。カメラの角度からセーフハウスである八階は映っていない。右下にあるタイムコードは、２１：２９：５０で停止している。

「爆発直前から監視映像をスタートさせますので、ご覧ください」

ブレグマンは気取って指を鳴らすと、中央モニターのタイムコードが動き出した。

タイムコードが２１：３０：１２になり、ウエスト２６番ストリートの路上にガラスやコンクリート片が降り注ぐ。タイムコード２１：３０：５８、フードを被った男が玄関から飛び出し、西の方角に走る。２１：３１：０４、朝倉が西に向かって走り抜ける姿が捉えられていた。

「ミスター・朝倉から、『不審者を追跡中』という連絡を受けました。監視映像はそれを証明しています。別の画像で説明します」

ブレグマンはまた指を鳴らすと、中央モニターにマンハッタンの地図が表示された。地図には赤い線が記されている。

「赤い線は、ＮＣＩＳがミスター・朝倉に支給した携帯電話機のＧＰＳ信号の軌跡です。

監視映像と同じく、二十一時三十一分にミスター・朝倉はセーフハウスのビルの前を通過し、西に進んでいます。そして、ハドソンリバー・パークに入ると、ピア６４に侵入。目撃者の話では、銃撃戦があったようです。現場から、男が一人逃走し、１２番アベニューに停車した車を盗んで逃走しました。また、ピア６４の近くで身元不明の男性の死体が発見され、現在市警が回収に当たっています」

ブレグマンは咳払いをした。ハドソンリバー・パークには、かつての桟橋（埠頭）が整備されて公園になっている。また、ピアは桟橋・埠頭の意味で、船舶の桟橋として稼働している場合に限らず、公園となった現在も同様に呼称として使われていた。

「その後、ミスター・朝倉は犯人のボートに乗り込み、ハドソン川を下ってアッパー湾まで行っています。しかし、今から十一分前の午後十時二十三分に信号は途絶えました。携帯電話機の電源が切られたのか、捨てられたのかは、こちらでは把握できません。以上です」

ブレグマンは役割を終えたとばかりに、ペットボトルの水を飲んでいる。

「彼はどうして連絡をしてこないのだ。それにこちらからも連絡は付かないのかね」

ゴードンは中央モニターを見つめながら腕組みをした。

「無線機は圏外ですが、ＧＰＳ信号が発せられていたので携帯電話機は、故障したとも思えません。何か事情があるのでしょう。私もブレグマンも彼が個人で所有するスマートフォンにも電話を掛けていますが、応答はありません」

ハインズが代わって答えた。

「ミスター・朝倉が犯人グループに拉致されたのか、あるいは今現在も犯人を追跡しているか、最悪の場合、ピア６４での銃撃戦で負傷し、ボートでアッパー湾まで連れて行かれて湾に投げ捨てられた可能性も考えられるな」

ゴードンは立ち上がると、中央モニターの前に立った。

「確かに可能性は、三通りあります。三番目なら、すでに死亡したことになりますが、私はその確率は低いと思っています」

ハインズも立ち上がり、ゴードンの横に並んだ。

「どうして、そう思う？」

ゴードンは腕組みをしてハインズを見た。

「それは、彼がスペシャルポリスの名の通り、スペシャルだからです」

ハインズは自分の言葉に頷いた。

2

午後十時四十分、朝倉は小型ボートのハンドルを握っていた。

サラーハは見様見真似で操船していたというので、代わったのだ。

朝倉はアッパー湾を北に進んでガバナーズ島の東岸沖を抜けると、船首を北東に向けてハドソン川ではなくイースト川に入った。どこかに接岸したいと思っているが、マンハッタン島の桟橋をよく知っているわけではない。ハドソン川を避けたのは、銃撃戦をしたために市警が警戒している可能性があるからだ。

正面にブルックリン橋が見えてきた。

「あの桟橋がいいんじゃないか？」

サラーハは朝倉の隣りに立って、二百メートルほど先の左岸の桟橋を指差した。

「そうだな。係留ロープを頼む」

朝倉はハンドルを左に切り、桟橋の上流側から回り込んでリモコンレバーを中立の位置で止めた。惰性で桟橋にボートを接岸すると、サラーハが桟橋に飛び移り、係留ロープをビット（係船柱）に結んだ。ボートのエンジンを切ると、朝倉も桟橋に降りた。

二人は高速道路のサウス・ストリート・バイアダクトの高架橋下を抜けてサウス・ストリートに出ると、イエローキャブを停めて乗り込んだ。マンハッタンでもコロナの影響でタクシーの利用率が減っているらしい。そのため、すぐに見つけられたのだろう。

「エセックス・ストリートとディランシー・ストリートの交差点」

サラーハが行き先を告げた。マンハッタンに二週間近く潜伏していたので、地理に詳しくなったらしい。

「ボートが襲われたことは彼らも知っているはずだ。急がないと、隠れ家からいなくなるんじゃないのか？」

　朝倉は運転手に聞かれないように小声で尋ねた。サラーハらのマンハッタンでの潜伏先に向かっているのだ。脱出用のボートが朝倉に襲撃されたことは、敵に知られているだろう。それを受けてロシア人は逃げ出している可能性がある。

「まさか、やつらも警官に襲撃されたとは思っていないだろう。あんな無茶なことをする警官はいないからな。それに、俺は死ぬのが怖くて逃げ出したと思っているはずだ。戻ってくるとは誰も思わないだろう」

「俺が無茶か。否定はしないがな」

　朝倉は苦笑した。よく言われることだ。

「俺に付き合っている時点で、無茶苦茶だよ。だから、信用したんだがな」

　笑ったサラーハは、座席に深く腰掛けた。紛争地から来ただけに、肝が据わっているようだ。

「ニューヨークを見て、どう思った？」

　朝倉は何気なく尋ねた。

「日本もそうだったが、米国も夢の国のようだ。国の指導者は間違っていたが、かつてはイラクも繁栄していた。俺はそれも知っている。だから、今のイラクはある意味、夢の国だ。もっとも夢は夢でも悪夢だがな」

サラーハは自嘲《じちょう》気味に笑った。

「そうだな」

朝倉は相槌を打ち、苦笑した。米兵を何人も殺害した犯人と、普通に会話をしている自分が不思議で仕方がないのだ。ボートを操縦している時もいろいろと話をしたが、年齢は三十八歳と朝倉とさほど離れていないせいか違和感がなかった。

お互い元軍人という共通点があるからかもしれないが、古くからの友人のように私的なことまで話し合った。彼の村で起きた悲惨な出来事も聞いている。サラーハは朝倉にその苦悩を切実に訴えたのだ。

朝倉は彼の信頼を得るために、ハインズから渡された携帯電話機の電源を切って彼に渡している。また、朝倉のスマートフォンは電源を切ったまま、防寒ジャケットの内側に入れてあった。隠れて電話することもできたが、ハインズやブレグマンは信頼できるがどこで情報が漏れるか分からない。そのため、２９１５５部隊の確かな情報を得るまで、連絡を控えているのだ。

タクシーはエセックス・ストリートを北に進み、ディランシー・ストリートとの交差点を渡った所で停まった。

「アジトは１ブロック東のラッドロト・ストリートにある一階がフードマーケットになっている五階建ての古いビルだ。二階から上はアパートになっている。一階と二階がアジトで、三階から上は民間人が住んでいると聞いた。もっとも、あんまりぼろいんで、年寄りのオーナーが最上階に住んでいるだけらしい」

車を降りたサラーハは、白い息を吐きながら歩き出した。自爆ベストは爆発しないように朝倉が処理したので、ボートに脱ぎ捨ててある。ロシア人のリーダーであるミハイル・ジルコフという男に着せてやると息巻いていたが、何かの衝撃で爆発する可能性もあると説得したのだ。

ジルコフはブラウンと名乗り、米兵になりすましていたらしい。だが、セーフハウス襲撃を指揮するために昨日、アジトにやって来たそうだ。

二人は五十メートルほど進み、１ブロック先の交差点角にあるガラス張りのコンビニからラッドロー・ストリートを覗いた。

「裏口はないのか？　表から入ったらバレるだろう？」

朝倉は通りに出ようとするサラーハの腕を掴んで引き留めた。

「大丈夫だ。この時間は、一階のフードマーケットは閉まっている。店の横にあるアパート用の入口から入ればいいんだ。それに入口の鍵は、ボートに乗っていたロシア人から盗んでおいた」

サラーハは、ポケットから二種類の金属製の鍵を出して見せた。彼は爆弾ベストをどうするかはともかく、アジトに戻るつもりだったらしい。

「抜け目のないやつだ。案内してくれ。俺が援護する」

朝倉はポケットのグロック26を握りしめた。ボートを襲撃する際に三発撃っているので、七発の銃弾が残っている。

サラーハはフードを目深《まぶか》に被ると、交差点を渡って角にあるバンクオブ・アメリカ側のラッドロー・ストリートの歩道を足早に歩く。朝倉はグロックをいつでも抜けるようにポケットに手を突っ込んだままサラーハの五メートル後ろを進んだ。

通りは三車線分の幅がある一方通行の道で、五、六階建ての煉瓦の古い建物が並んでいる。一階にはピザやメキシコ料理や中華料理など様々な店が入っているが、ネオンもない地味なレストラン街だ。

通りの左手の中ほどにシャッターが下ろされたフードマーケットがあった。店の営業は別段怪しいものではないようだが、経営者はロシア人で二階のアジトの隠れ蓑《みの》になっているらしい。

マーケットの左側に折り畳み式のフェンスドアがある。サラーハは盗んだ鍵を使ってドアをスライドさせて開け、階段を上る。朝倉は周囲を見渡して中に入ると、フェンスドアを閉じた。

ポケットからグロックを抜いて構えながら、サラーハに従う。階段を上がると、二階にドアがあった。

サラーハは振り返って頷くと、別の鍵を出してドアを開けた。朝倉はサラーハの前に出て部屋に入る。この建物は、各階一部屋３ＬＤＫ八十九平米で同じ構造になっているらしい。

普通の家ならリビングに使われる部屋に、二段ベッドが二つ並んでいる。朝倉はリビングを抜けて隣りのダイニングキッチンに入った。キッチンといっても生活感はなく、ここで料理をすることはなさそうだ。

キッチンを出て廊下の奥に進み、手前の部屋を開ける。サラーハは朝倉の後ろをいつの間にか金槌《かなづち》を手に歩いていた。どこかに道具箱でもあったのだろう。一瞬、ぎょっとしたが、朝倉を襲うつもりはないようだ。

一番奥の部屋の前に二人は立った。朝倉が目配せをし、サラーハがドアを開ける。すかさず朝倉が銃を構えて踏み込んだ。

「逃げられたか」

朝倉は息を吐くと、銃をポケットに仕舞い、周囲を見回した。アジトが無人というのなら、ここに長居をするつもりはない。所在をブレグマンに連絡し、調べさせればいいのだ。

「リビングの二段ベッドで俺たちは過ごした。他の個室は見張り役のロシア人の部屋だったのだ」

　サラーハは溜息を吐いた。

「ボートに乗っていた二人のことか？」

「そうだ。もっとも、二人とも朝倉が銃で撃ったから帰って来られなかったかもな。ジルコフはいるかもしれないと思ったが、甘かったか」

「あいつらは、負傷して助からないと悟ると、服毒死することになっているらしい。どこかで死んでいる可能性もある」

「仕方がない。他にあてもない。おまえにすべてを白状するから手柄にしてくれ。実は俺は日本に行く前に、イラクに戻ったんだ」

　サラーハは部屋の片隅にある椅子に座り込み、溜息と共に話し始めた。

「これはなんだ？」

　首を傾げた朝倉は、サラーハの言葉を遮った。ベッド脇の壁一面に大きな布が、掛けてあるのだ。不審に思った朝倉は布を剝《は》ぎ取った。

「何！」

　朝倉とサラーハが同時に声を上げた。

　壁一面に第一四八任務部隊第二小隊の兵士の顔写真と彼らの詳細な情報を示す書類が張り出され、顔写真にはすべて赤い油性ペンでバツ印が書き込まれている。また、左の方には大量虐殺があったラッシャル・アッハール村の写真と、村の出身者で殺された十二名のイラク人の写真もあった。

「これは、おれの私物だ。処分するからとロシア人に渡したんだ」

サラーハはベッド脇に置かれていたバッグの中身を見て、声を上げた。服や下着だけでなく、彼のパスポートも入っている。

「逃げ出したんじゃないな。ここはおまえたちのアジトとして警察に通報するつもりなのだろう。おそらく、ロシア人たちは自分たちの痕跡を消して、おまえと仲間の私物だけ残したはずだ。これを見れば、おまえたちがマートルビーチのテロも含めてすべての事件に関与したことになる。……待てよ」

朝倉は右側に張り出されているマンハッタンの地図を見て腕組みをした。ハドソン・ヤードの近くとセントラルパークの南側に赤い点が記されているのだ。ハドソン・ヤードの印は、セーフハウスがあった場所である。だが、もう一つの赤い点の意味が不明だ。

「ここを出るぞ」

朝倉は地図を壁から剝がすと、部屋を出た。

3

午後十一時三十五分、朝倉とサラーハはイエローキャブに乗り、ミッドタウンの五番街に向かっている。

「いいのか？　俺がこのままで？」

サラーハは遠慮がちに尋ねてきた。朝倉がサラーハを逮捕していないことを案じているらしい。

「俺は新たなテロを心配している。おまえのためじゃない。それに、逆に聞きたい。おまえはジルコフを捕まえずに米国の裁判に掛けられたいのか？　このまますべての責任を押し付けられて死ぬつもりか？」

朝倉はサラーハをチラリと見た。

「俺は死ぬ覚悟が出来ている。それが、早いか遅いかだ。ジルコフとはバグダッドで知り合いを通じて会った。最初から胡散《うさん》臭い男だと思っていたよ。だが、騙されるのを承知で協力を得た。それしか道はなかったんだ」

サラーハは淡々と言った。一度投降すると決意したため、新たな行動を起こす気になれないのかもしれない。また、一人生き残ったことで、復讐心が萎《な》えてしまったのだろう。

「おまえはラッシャル・アッハール村の虐殺を忘れたのか？」

　朝倉は口調を強めた。

「むっ！　……忘れはしない。彼らの怨念《おんねん》を贖えるのなら、この身が何度引き裂かれようと悔いはない！」

　サラーハは眉間に皺を寄せた。

　タクシーはサード・アベニューをひたすら北に進み、イースト５７番ストリートの交差点を左折して４ブロック先の交差点で５番アベニューに左折したところで停まった。目の前にティファニーの西側の入口がある。その数十メートル先にビルの大きな玄関があり、その上に〝ドナルド・トランプタワー〟という金看板が掲げてあった。地図上の赤い点は、このビルに付けられていたのだ。

「このビルじゃ、俺たちはドレスコードに引っ掛かるな」

　タクシーを降りてティファニーの前に移動した朝倉は、頭を掻いた。この巨大なビルを調べろというのなら、たった二人では無力に等しい。

「見上げるだけで首が痛くなる」

　ビルを見上げたサラーハは、首を振って笑った。

「俺たちは二人ともこの国じゃ、外国人だ。情報だけでなく、助っ人もいるな」

　朝倉はスマートフォンを出し、サラーハに見せた。

「おまえ、別のスマートフォンを持っていたのか？」

サラーハは腕組みをして尋ねた。

「いつでも連絡はできた。だが、おまえの言う通り、警察だろうが、ＦＢＩだろうが、信用できない。俺の仲間に連絡するんだ」

「勝手にしろ。おまえを信用している」

サラーハは焼けくそ気味に言った。

「おまえを売るような真似はしない。心配するな」

朝倉はスマートフォンの電源を入れ、ブレグマンに電話をした。

——今どこにいる！

いきなりブレグマンが叫んだ。

「俺からの連絡だと気付かれないようにしろ。情報を広げるなよ」

朝倉はドスの利いた低い声で言った。

——副局長もだめか？

ブレグマンは囁くような声で尋ねてきた。

「今はだめだ！」

——わっ、分かった。状況を教えてくれ。

「ローワーイーストサイドのラッドロー・ストリートに２９１５５部隊のアジトがあった

が、もぬけの殻だった。だが、次のテロの標的を見つけたようだ」

――次の標的？　米兵へのテロだけじゃないのか？

「それを確認しようと思っているんだ。今、ドナルド・トランプタワーにいる。アジトにあった地図に印が記されていたんだ。何かイベントでもあるのか？」

ドナルド・トランプタワーといえば、現大統領のニューヨークでの住居でもある。イベントと言ったのは、大統領かその家族のスケジュールを暗に聞いているのだ。

――ちょっと待ってくれ。というか、こちらから、掛け直す。

電話は向こうで切られた。

「真夜中の散歩といくか」

朝倉は表玄関を避けて、北側のイースト５７番ストリートに出た。あまりにも寒いので、じっと立っていられないのだ。

五分後、スマートフォンが呼び出し音を告げる。

――ブレグマンだ。分かったぞ。イスラエルのモアネス・ヘメドが、ドナルド・トランプタワーで行われているパーティーに招かれているそうだ。大統領は不在だが、資金集めのパーティーで政財界の要人が集まっている。だが、一番の目的はヘメドをもてなすことらしい。そこで、テロが起きたら、最悪、国際問題になるかもしれないぞ。

今年は大統領選挙がある。そのための資金集めのパーティーなのだろう。

「モアネス・ヘメド？　何者だ？」

――イスラエルの大富豪だ。兵器産業やエネルギー産業で巨万の富を得ている。彼はその財力で米国にも大きな影響力を持っているのだ。

「パーティーのスケジュールはいつ決まったんだ？」

――ヘメドは五日前に来米している。それ以前から決まっていたのだろう。

「パーティーは、いつ終わる？」

朝倉は首を傾げながらも質問を続けた。

――午前零時で終了らしい。政財界の要人は、一般人が使わないイースト５６番ストリート側にあるテナント用のエントランスを使うそうだ。だが、その通りは狭いから、パーティー客が一度に帰ると、渋滞になると聞いている。

ブレグマンは、ニューヨーク市警の出身だと聞いたことがある。それにしても、詳しすぎるだろう。インターネットで調べられる情報ではないはずだ。

「ハインズに聞いたのか？」

おそらくハインズがシークレットサービスに問い合わせたに違いない。彼のポストならできるだろう。

――なっ、なんで分かった？

ブレグマンは声を裏返した。

「図星か。それに、おまえ、もうこっちに向かっているな。誰と一緒だ？」

彼の声と一緒にエンジン音やクラクションの音が聞こえるのだ。

――なんでもお見通しだな。マルテスと一緒だ。それ以上の人員は割《さ》けなかった。セーフハウスの爆弾テロで、チェルシー地区は警察と消防、それにＦＢＩまで集結している。大変な騒ぎになっているんだぞ。

「そうだろうな。あと何分ぐらいで来られそうだ？」

朝倉は苦笑した。犯人の一人であるサラーハと一緒にいることはとても話せそうにない。

――あと十七分、いや二十分かな。チェルシー地区は、テロ事件のせいで大渋滞なんだ。抜け出すのに一苦労しそうだ。

「分かった。イースト５７番ストリート側で待っている」

朝倉は通話ボタンを切ってスマートフォンを仕舞うと、舌打ちした。ブレグマンに電話を掛けただけで、大騒ぎになりそうだ。

「誰か、来るのか？」

サラーハは心配げな顔をしている。

「気にするな。会わない。おまえと一緒だとややこしくなるからな」

首を横に振った朝倉は、小さく笑った。

4

午前零時八分、朝倉とサラーハは、イースト５６番ストリート沿いにあるビルの陰から斜め向かいのトランプタワーを監視していた。

テナント用のエントランスからはタキシードを着た紳士やドレスを着た女性が出てきては、お迎えの高級車に乗り込んだ。また、エントランスの東側にある駐車場の出口からも高級車が次々と出て行く。

「本当にここでテロを行うのか？」

パーティー客を見て朝倉は、首を捻った。

「このビルはまるで要塞だ。セキュリティも完全だ。いくらロシア人の工作員でも潜り込むことはできないだろう。だとしたら、ヘメドが出てきたところを銃撃するのが簡単だ」

サラーハはイースト５６番ストリートに不審者が現れないか見ている。彼はローワーイーストサイドのアジトで、彼らのお目付役だった二人のロシア人の他にも数人の新たな男を見ているらしい。彼らが現れないか、目を凝らしているのだ。

「このビルが要塞並みというのは、ホワイトハウスと同じ扱いだからだ。何か事件があれば、すぐにシークレットサービスや警察が飛んでくるに違いない」

トランプタワーは西から５番アベニュー、北をイースト５７番ストリート、東はマジソン・アベニュー、そして、南をイースト５６番ストリートに囲まれている。そのうち、イースト５６番ストリートを除いて、路肩に巨大なコンクリートブロックが並べられて防護壁を作っている。イースト５６番ストリートだけコンクリートブロックが設置されていないのは、それだけ警備員とシークレットサービスで厳重に警備されているからだろう。

現にキャデラックのエスカレードが、エントランスの周囲に三台も停まっている。乗り込んでいるのは、ダークスーツを着た男たちだ。シークレットサービスに間違いないだろう。米国に影響力を及ぼすユダヤ人大富豪なら、移動の際はシークレットサービスも動くはずだ。

「ここにいても無駄だろうな」

朝倉は改めて通りの様子を見て言った。

「どうしてだ。ここなら襲撃できるだろう」

サラーハは振り返って首を傾げた。

「さっきよりも警備員の数が増えた。それにシークレットサービスもいる。移動するぞ」

朝倉はサラーハの肩を叩いた。警備員が朝倉らを見て無線連絡をしている。これ以上立ち止まっていると、職務質問されて追い払われるだろう。

「どうしたらいい？」

「ここで襲撃するのは、自殺行為だ。おそらく移動中に襲撃するのだろう。俺は仲間と合流する。おまえは警察署にでも自首しろ。今、おまえにかまっている時間はないんだ」

朝倉は先に歩き始めた。

「待て、俺も一緒に行く。ロシア人のテロを阻止するのなら手伝いたい。どうしてもジルコフを捕まえたいんだ」

サラーハは朝倉の肩を摑んだ。

「おまえは自由の身で、いつまでもいられると思っているのか？」

朝倉はズボンの後ろのポケットから手錠を出した。

「分かっている。だが、ジルコフが逮捕されるか、殺されるのかどちらにせよ、あいつの顔を見て言ってやりたいことがあるんだ。頼むから連れて行ってくれ」

サラーハは両腕を前に突き出した。

「いい覚悟だ」

朝倉はサラーハの腕に手錠を掛けた。

二人はマジソン・アベニューからイースト５７番ストリートに出た。

フォードの白いエクスプローラーが、ティファニーの正面入口前に停まっている。他に車はない。朝倉が近づくと、助手席からブレグマンが現れた。

「呼び出して、悪かったな」

朝倉は右手を軽く上げた。

「おい、そいつは、誰だ？」

ブレグマンは朝倉と並んで歩いているサラーハを見て両眼を見開いた。

「話は車でする。急いでいるんだ」

朝倉は後部ドアを開けてサラーハを先に押し込むと、自分も乗り込んでドアを閉めた。

「質問は後だ。ヘメドの宿泊先は？」

間髪《かんはつ》を容れずに尋ねた。

「えっ！　ミレニアム・ヒルトン・ニューヨークだが」

助手席に座ったブレグマンと運転席のマルテスが、サラーハを見て戸惑っている。

「ヘメドはホテルに行く途中で襲撃される可能性が高い。彼が乗った車を尾行したいんだ」

朝倉はブレグマンに質問を許さずに尋ねた。

「分かった。１ブロック先のパーク・アベニューで右折し、イースト５６番ストリートに入ったところで待機していれば、ヘメドが乗った車は必ず通るはずだ。だが、彼が乗っている車だと、どうやって判断するんだ？」

振り返ったブレグマンは、朝倉を睨んできた。サラーハのことを説明しようとしない朝倉に苛立っているのだろう。

マルテスは無言で車を出した。

「ヘメドがパーティーの最重要人物ならシークレットサービスの護衛がつくはずだ。黒のエスカレードに守られた車は、目立つからな」

朝倉はトランプタワー前に停まっていた三台のエスカレードから、ヘメドの護衛が必ず出ると思っている。

「確かにそうだろう。だが、いい加減に、君の隣りの人物が誰か教えてくれ！」

ブレグマンが声を荒らげた。

「サード・サラーハに決まっているだろう。手錠を掛けてあるんだ。察しろよ」

朝倉は苛立ち気味に答えた。今はサラーハのことよりも、新たなテロに対処することが先決だからだ。

「察しろよって、逮捕したのなら連絡ぐらいしてもいいだろう！」

当たり前のように言われてブレグマンは溜息を漏らした。

「サラーハらは２９１５５部隊に利用されていたようだ。だから彼を逮捕したことをあえて連絡しなかった。ＮＣＩＳ本部に連絡が入り、そこから情報が漏れる可能性もあるからな。これまで、俺たちは敵にいいようにあしらわれていたことを忘れたのか？」

「そいつは、連続殺人事件の最重要人物だ。それにメイプリスを殺害した犯人だぞ！」

ブレグマンはまだ文句があるらしい。

「サラーハらは、マートルビーチの攻撃に参加していない。それに、彼は、今は重要な情報提供者だ。ローワーイーストサイドのアジトの場所を教えてくれたのも彼なんだぞ。このまま何も起こらなかったら、それはそれでいい。だが、もし、これからサラーハの名で犯行が行われるのなら、俺たちは重要な証人になるはずだ。彼を尋問するのはあとからいくらでも出来る」

「……分かった。それなら、ヘメドに限らずパーティー参加者が無事に帰宅したらサラーハをクワンティコに連行する。本当に襲撃はあるのか？」

ブレグマンは朝倉を人差し指で差して言った。

「必ず起きると思っている。新たなテロを起こす条件が整っているからだ。ニューヨークの警察機関がチェルシー地区に集中しているだろう」

朝倉は自分の言葉に頷きながら答えた。

「まさか！」

サラーハが声を上げた。

「俺の勘に狂いがなければ、セーフハウスの爆弾テロは陽動作戦だ。本当の狙いは、イスラエルの実力者を抹殺して米国への資金源の一つを断つことだろう。しかも、サラーハらを犯人に仕立て上げて、彼らの犯行動機を世界中に喧伝することで米国の失墜を狙ったに違いない」

「ロシアの介入か」

ブレグマンは渋い表情で呟いた。

「どういうことだ？」

朝倉は小首を傾げた。29155部隊はロシアの工作部隊である。いまさら「ロシアの介入」と言われてもピンとこない。

「大統領選挙へのロシアの介入だ。前回の選挙でもロシアは介入し、トランプは当選した。それに二〇〇一年の同時多発テロを例に挙げるまでもないが、米国が大規模なテロや軍事的な脅威にさらされると、国民は共和党を支持する。リベラル派の民主党では対処できないと思っているからだ。ロシアにとっては共和党の方が与《くみ》し易《やす》い。事件を未然に防がないと、次期大統領選挙で共和党の大勝利ということになるぞ」

ブレグマンは激しく首を横に振った。

「くそっ！　そういうことか。サラーハの爆弾が爆発しなかった理由に、もっと早く気付くべきだった。俺としたことが」

朝倉は舌打ちした。

「どういうことだ？　それは電波が遮蔽されたトイレに俺が行ったせいだろう。それに爆発で遠隔起爆装置だった携帯電話は、壊れたはずだ」

サラーハは朝倉の肩を摑んで言った。

「おまえだけ気分が悪くなったのは、何か薬を盛られたからだろう。だが、トイレに行くとは限らなかったはずだ。薬といっても、おまえを足止めする程度でよかったんだ。ロシア人から何か事前に言われていなかったのか？」

サラーハがトイレに入り、爆発で天井が崩れて携帯電話機が壊れたのは、偶然が重なったにすぎない。そこまで計算されていたとは思えないのだ。

「はっ！　爆弾ベストは急いで作ったから爆発しない可能性があると、ジルコフは言っていた。もし、爆発しなかったら１０番アベニューに待機しているからそこに来いと言われていた。俺は遠隔起爆装置で爆発したことに気が付いたから反対方向に走り、やつらのボートを奪ったんだ」

サラーハは思い出したらしく、眉間に皺を寄せた。

「最後の作戦だとおまえたちに思い込ませることで爆弾ベストを着せた。だが、おまえだけ爆発させずに回収し、ヘメド暗殺に利用するつもりだったのだろう。おまえをトランプタワーに連れて行くだけで済むからな。ひょっとしたら、ヘメドだけでなく米国の政財界の要人を巻き込むことが目的だったのかもしれない。だが、おまえが逃走したために作戦を変更したはずだ」

これまで疑問に思っていたことが、すべて繋がった。

マルテスはパークアベニューに入り、次の交差点でイースト５６番ストリートに左折し、交差点近くの歩道に乗り上げて車を停めた。もともと狭い道だが、一車線がビル工事のために封鎖されているのだ。この通りは途中に古いビルが点在するため改装や建て替えになっているビルが多いらしい。

「俊暉」

ブレグマンは名前を呼ぶと車を降りた。

首を傾げながら朝倉も外に出た。

「敵は複数、走っている車を襲うとすれば、銃撃戦になる可能性がある」

ブレグマンはトランクを開けた。

「ほお。米国の捜査機関はすごいな」

朝倉は目を輝かせた。

トランクにはスコープが付いたＭ４にショットガンなどが数丁入っていた。マガジンや弾薬も箱に詰まっている。

「武器を選んでくれ。ここだけの話だが、私は、メイプリスを殺した犯人を法廷に送るつもりはないんだ」

ブレグマンは険しい表情で言った。迷うことなく犯人らを殺害するという意味なのだろう。珍しく感情的である。よほどメイプリスに目を掛けていたようだ。

「武器は取るが、俺は逮捕できるように最善を尽くす」

朝倉はＭ４とマガジンを手に取った。

５

午前零時二十分、イースト５６番ストリート。

「来ました」

バックミラーを見ていたマルテスが強張った声で言った。彼の足元にはショットガン、レミントンＭ８７０が立てかけてある。朝倉とブレグマンはＭ４を選んだ。

キャデラックのエスカレードが、朝倉らの車の脇を通った。すぐ後ろをベンツのリムジンとエスカレードが続く。マルテスは三台の車から二十メートルほど間隔を空けて付けた。

車列は３ブロック先の交差点で右折し、２番アベニューに入る。

「道が狭いから、イースト５６番ストリートで襲撃されると思っていたが、違ったらしい」

ブレグマンが大きな息を吐き出した。

「俺もそう思っていたが、違ったようだな」

朝倉は深呼吸し、気分を和らげた。イースト５６番ストリートには工事中の重機や資材が置かれている場所があり、隠れる場所に事欠かなかったため緊張を強いられたのだ。

2番アベニューは六車線の一方通行の幹線である。この時間でも交通量は多い。

「この先は、どうなっている？　襲撃するのに最適な場所はないか？」

朝倉はウィンドウの外を警戒しながらブレグマンに尋ねた。

「2番アベニューは高層ビルが多いこともあるが、車線が多いからスピードが出せる。襲撃には不適切のはずだ。だが、私が市警の警官だったころから、ニューヨークは変わったからな」

ブレグマンは自信なさそうに答えた。

「もし、移動中にテロ騒動がないのなら、ミレニアム・ヒルトンで襲撃される可能性があるのか？」

朝倉は首をぐるりと回した。アジトで見つけた地図の予定とは大きく変わってしまう。

「当初の予定は、やはりサラーハを使ってトランプタワーで自爆テロを起こすことだったんじゃないのか？　地図に記した赤い点はあくまでも今日の襲撃の予定だったんだろう。だから、すでにサラーハが逃亡した時点で予定は変わっていると考えた方がいいだろう」

ブレグマンはバックミラーでサラーハを見て言った。

「自爆テロでないとしたら、銃を使ったテロだな。おまえの言う通り、2番アベニューでの攻撃は難しいな」

朝倉は周囲の景色を見ながら言った。２９１５５部隊の工作員が攻撃してくるとしたら、彼らは素性を知られないように気を遣い、なおかつ味方に負傷者を出すようなことは避けたいはずだ。横須賀で朝倉を襲撃した連中は、身元がバレないように服毒死した。そんな死に方は嫌だろう。

前方の車列が交差点で、２番アベニューからホテル前のイースト４４番ストリートに左折して行く。

「俺だったら、米国の警察が使うスティンガー・スパイクシステムを使って、先頭車両のタイヤをパンクさせて車列を止め、歩道の両側からサブマシンガンで銃弾を浴びせて一挙に殲滅《せんめつ》を図る。それと相手が反撃しないように、ビルの屋上に狙撃手を配置するな」

朝倉は窓を開けて顔を出し上を見た。スティンガー・スパイクシステムとは、先端に鋭い突起物のある金属製の帯状の車止めを道路に敷いて、犯人の車のタイヤをパンクさせて強制的に停止させる装備である。

マルテスも続いて左折し、イースト４４番ストリートに入った。三車線の一方通行だが、両側に車が停められているため、中央の一車線のみ車が通れる。しかも周囲に高層ビルはない。

前方の車列が突然次々と停車し、マルテスも急ブレーキを掛けて止まった。

道の両側からサブマシンガンを持った男たちが現れ、前方の三台の車に銃撃を始めた。

予測は的中した。

エスカレードから一斉にシークレットサービスのエージェントたちが降りてハンドガンで応戦したが、サブマシンガンの敵ではない。次々と撃たれて倒れる。

「応戦しろ！」

朝倉は車から飛び出しサブマシンガンの男たちを銃撃した。

「おう！」

ブレグマンとマルテスが呼応し、車から降りて銃撃戦に加わる。途端にマルテスが肩を撃たれて倒れた。

「一時の方角の屋上に狙撃犯がいる。注意しろ！」

朝倉は撃たれたマルテスの奥襟を摑んで駐車してある車の陰まで引っ張り、屋上の狙撃犯を銃撃した。だが、場所が圧倒的に不利である。

「だめだ。こっちからは狙えない」

ブレグマンは反対側の歩道に停めてある車の陰に飛び込んで答えた。

「サラーハ。狙撃犯を始末してきてくれ」

朝倉は車に戻り、後部座席のサラーハの手錠を外すと、ポケットから出したグロック26を渡した。

「こんなおもちゃで、俺に死ねというのか？」

サラーハは銃を握り締めて微笑《ほほえ》んだ。

「援護する。死ぬな」

朝倉も笑うと、膝立ちで屋上に向けて銃を乱射した。

サラーハはその隙に車を降りると銃弾を掻い潜り、狙撃犯のビルに駆け込んだ。イラクの特殊部隊にいたというだけに動きは俊敏である。

「移動しないと、敵は撃てないぞ」

朝倉はブレグマンに銃撃音に負けない大声で知らせた。生き残ったシークレットサービスのエージェントも車の陰から応戦している。

「分かっている」

ブレグマンも銃を撃っているが無駄が多い。

朝倉は車の陰に隠れ、匍匐《ほふく》前進で進み、腹這《はらば》いの状態で銃撃犯を撃った。敵はサラーハから聞いていたよりもはるかに多く、目視できるだけで二十人近くいる。２９１５５部隊は、地元で犯罪者でも雇ったのかもしれない。

多勢に無勢で、しかも屋上の狙撃犯は効果的に攻撃してくる。朝倉は着実に敵を減らしているが、狙撃犯の攻撃で行動範囲が限られてしまうのだ。

「くっ！」

銃弾が左肩をかすめ、Ｍ４を路上に落とした。

車の陰から手を伸ばし、Ｍ４を拾ったが、狙撃犯の攻撃はない。

左腕のスマートウォッチが反応した。ショートメールが届いたのだ。朝倉がサラーハに渡した携帯電話機から発信されたものだ。「I shot !」と短い文章である。サラーハが狙撃犯を倒したらしい。きっちりと仕事をしたようだ。

「狙撃犯をクリア！　前進！」

叫んだ朝倉はM４のマガジンを替えると、走りながら銃撃した。銃撃犯の右胸を正確に撃ち抜く。致命傷は負わせない。だが、確実に戦闘能力を奪うのだ。瞬く間に六人の男を倒した。シークレットサービスのエージェントらも息を吹き返し、攻撃に転じた。

敵は朝倉らの猛攻に逃げ出した。

「ブレグマン！　敵を確認してくれ」

目視できる範囲で反撃できる敵がいないことを確認すると、ブレグマンに現場を任せて朝倉は狙撃犯がいたビルに向かった。

一階の玄関脇にある非常口のドアの鍵が壊されている。朝倉はM４を構えながら階段を駆け上がる。十階に上がり、屋上への出入口を見つけるとドアを蹴って外に飛び出した。かなり古いビルらしく、屋上には換気塔や錆び付いたダクトのパイプが剝き出しになっている。銃を構えながら進むと、二人の男が倒れていた。

「サラーハ！」

叫んだ朝倉は、仰向けに倒れているサラーハに駆け寄った。

「朝倉。……あいつの状態を確認してきてくれ」

サラーハは苦しげに言った。腹と胸に銃弾を受けており、かなり出血している。

「あいつ？」

「ジルコフだ。……三発食らわせてやった。死んでなかったら、……おまえが地獄に送ってくれ」

サラーハは喘《あえ》ぎながら言うと、口から血を吐き出した。胃に溜まっていた血だろう。朝倉の時と違い、ライフル弾のため傷が深いようだ。

「分かった」

朝倉は立ち上がると、数メートル先に倒れている男の近くで跪《ひざまず》き、首に指を当てた。中年のスラブ系の男でアクの強い顔をしている。握られている狙撃銃は、独特のフォルムをしていた。ロシア製のＶＳＳだ。射程は四百メートルと短いが、サプレッサーを装備し、分解が簡単にできる。主に隠密の作戦やゲリラ専用に開発された狙撃銃だ。

「ジルコフは死んでいた。おまえの望みは叶《かな》ったぞ。俺が病院に連れて行ってやる」

朝倉は再びサラーハの所に戻って腰を下ろし、ポケットからハンカチを出した。なんとか止血しなければならない。

「気休めはいい。礼を言うぞ。仲間の仇《かたき》は討てた」

サラーハは首をもたげ、しっかりとした口調で言った。

「弱気なことを言うな。俺もちょっと前に腹を撃たれたが、生き返ったぞ」

朝倉はサラーハの腹の傷をハンカチで押さえながら笑った。だが、血は止めどもなく流れている。

「おまえは神が救ったのだ。だが、……俺は違う。……俺の所業は神の怒りに触れた。この体は汚れている。……埋葬の資格もない。火葬にしてくれ。それと……頼みを……聞いてくれ」

サラーハの声が聞き取れないくらい小さくなった。朝倉は彼の口元に耳を近づけた。

「分かった。任せろ。男の約束だ」

朝倉はサラーハの右手を握りしめた。

「……アッラーフ……」

サラーハは再び大量の血を吐き出すと、がくりと首を垂《た》れた。

「アッラーフ・アクバル」

朝倉はサラーハの代わりにアッラーフは偉大なりと唱えた。

フェーズ10：生まれ故郷

二〇二〇年三月十一日、二台のハンヴィーがバグダッド郊外の未舗装の道路を疾走している。

米軍の迷彩戦闘服を着た朝倉は、ハンヴィーの後部座席で激しく揺られていた。ハンヴィーはバグダッド市内で起きたテロ事件を受けて襲撃に備え、速度を落とさずに走行しているのだ。

「もうすぐ到着するぞ」

運転している米兵が声を掛けてくれた。

「ありがとう」

朝倉は礼を言うと、隣りで眠っているブレグマンを揺り動かした。

「むっ、どうした？」

ブレグマンは寝ぼけているのかサングラスを掛け直し、キョロキョロとしている。彼も米兵と同じ格好をしていた。朝倉とブレグマンはバグダッド郊外のパトロールに同行するという名目で外出を許可されたからである。

「到着するそうだ」

朝倉は硬い表情で言った。紛争地ということもあるが、第一四八任務部隊所属の第二小隊による虐殺が行われたラッシャル・アッハール村に向かっている。

数分後、二台のハンヴィーは荒れ果てた土地にある廃村に到着した。停車と同時に六人の兵士がＭ４を構えて警戒にあたる中、朝倉らもＭ４を手に車を降りた。

「村に残されていた死体はすべて回収してある。だが、未だにあのおぞましい光景が忘れられない。ときおり夜中にうなされて起きることもあるんだ」

ブレグマンは眉間に皺を寄せて言った。この村で白骨化した死体を最初に見つけた当時の光景を思い浮かべているのだろう。

「付き合わせて、悪かったな」

朝倉はサングラスを掛けると、周囲を見渡した。崩れた日干し煉瓦の家や壁、さらにその周りにわずかに生える雑草にも生気がない。この村が米兵によって抹殺されることなく、存続していたとしても生産性のない極貧の生活が続いていただろう。それでも、村人は助け合って僅《わず》かな幸せを手にしていたとサラーハは語っていた。

サラーハはこの村で生まれ、十歳の時にバグダッド市内に住む叔父《おじ》を頼って上京し、工事現場で働きながら勉学したそうだ。十七歳で陸軍に入隊し、当然のごとく米軍と戦ったと言っていた。だが、イスラム教シーア派だったために戦後多国籍軍が指導する特殊作戦部隊に入隊したらしい。

シーア派はイラクでは多数派であるが、長年スンナ派が政権を執り、シーア派は虐げられてきた。そのため、多国籍軍はシーア派を味方として徴用したのだ。

部隊を辞めるきっかけになったのは、生まれ故郷であるラッシャル・アッハール村で米軍による大虐殺が行われたと聞いたからだ。村にはすぐに戻ったが、無人の廃村状態だったらしい。その後、部隊の仲間であるモハメド・カシムとサマル・アヴドラの三人で周辺を調べ、各家の床下に村人が埋められていることを発見した。

サラーハは泣きながら虐殺があった証拠として仲間とともに遺体を掘り起こしたそうだ。その後、彼らは復讐を誓って「自己犠牲を厭わぬ者」〝フィダーイー〟を名乗り、虐殺に関わった米兵を殺害する旅に出た。

「サラーハの実家は分かるのか？」

ブレグマンは右手をかざし、強い日差しを避けた。

「村の西の外れとだけ聞いている。それに、ＮＣＩＳのこの村の調書は読んだからな」

朝倉は死に際のサラーハから聞いていた。

「そうだったな」

ブレグマンは言葉少なに答えると、タクティカルポーチからタブレットＰＣを出し、村の見取図が書かれた調書を表示させた。

調書はブレグマンとマルテスがまとめたもので、村の住居の配置図と、それぞれの家で発見された死体の状況が克明に記されていた。

二人は西に向かって進み、壁の一部が大きく崩れた家に入った。

大小二つの部屋があるだけで、家財道具はほとんどない。虐殺を行った米兵がこの村が廃村に見えるように家財道具を破壊したからだ。

「サラーハは、死体が二つだけある家だからすぐ分かると言っていた」

朝倉は大きめの部屋に入って言った。

「ここで、間違いないだろう」

ブレグマンはタブレットPCを出して、見取図に二つの死体があるところを指差した。

「サラーハは部屋の中央に大きな石を埋めておいたと言っていた」

頷いた朝倉はタクティカルポーチから直径八センチ、長さ十五センチの強化プラスチック製の筒を出した。中身はサラーハの遺灰である。サラーハから自分の家の中央に目印となる石があるから、その下に埋めてくれと頼まれていたのだ。粗末な石だが、墓標だと彼は言っていた。

モアネス・ヘメドの銃撃事件で、シークレットサービスのエージェントが二人死亡し、五人が重軽傷を負った。また、マルテスは、銃弾が肩を貫通したために比較的軽傷ですんでいる。

襲撃犯は二十四人おり、ほとんどが金で雇われたニューヨークのギャングであった。その中でジルコフを含むロシア人は八人いたが、四人が銃撃で死亡し、残りの四人は服毒死している。

捜査はシークレットサービス主導で行われ、ギャングの襲撃事件として扱われた。襲われたヘメドが、名前が表に出ることを嫌ったためである。まさにジルコフの思惑通りで、彼は襲撃が失敗した場合に備えて、ギャングを雇ったのだろう。

事件で一番活躍したのは朝倉であるが、日本の官憲がＭ４で襲撃犯を撃退したことなど公表できるはずもなく、銃撃戦を制したのはシークレットサービスと居合わせたＮＣＩＳの特別捜査官の働きであると公表された。

首謀者であるジルコフをはじめとしたロシア人が全員死亡しているため、捜査は行き詰まっていた。朝倉も米国に留まり、ＮＣＩＳだけでなくシークレットサービスの捜査に一週間も付き合わされたため、出国が遅れたのだ。

自由の身になった朝倉は、日本に帰る前にサラーハの願いを叶えるべく、バグダッドに寄った。紛争地だけに米軍の協力を得るべく、ブレグマンに付き添いを頼んだ。むろん上司であるハインズに申請し、許可を貰っている。

「うん？」

右眉を吊り上げた朝倉はベルトのシースからサバイバルナイフを出し、取り除いた石の下の土を慎重に掘った。金属的な手触りがあったのだ。

「まさか、地雷か？」

様子を見ていたブレグマンが緊張した表情で尋ねた。

「いや、違う」

朝倉は石の下から直径十センチ、高さは十二センチほどの金属製の筒を掘り出した。蓋を開けると、中からサラーハのイラク第一特殊作戦旅団のＩＤとＵＳＢメモリーが出てきた。

ブレグマンはＵＳＢメモリーを自分のタブレットＰＣに差し込んだ。

「これは、スイスの銀行口座の写しだぞ。振込先は調べないと分からないが、二、三知っている名義がある。セルビアとシリアのテロリストの名前だ」

ブレグマンが興奮した様子で言った。

「２９１５５部隊の秘密口座じゃないのか。待てよ」

タブレットＰＣを覗き込んだ朝倉は、腕組みをして首を捻った。ローワーイーストサイドにあった２９１５５部隊のアジトにサラーハと一緒に踏み込んだが、もぬけの殻だった。開き直ったサラーハはそこで自供しようとしたが、壁にあった地図を目にした朝倉がそれを遮ったのだ。

「あの時、サラーハは、『日本に来る前にイラクに戻った』と言っていた。おそらくジルコフのパソコンから情報を抜き取って安全な場所に隠すべく故郷の家に埋めたのだろう」

「サラーハは、復讐が成就したら、ジルコフの正体を暴くつもりだったのかもしれないな」

ブレグマンは大きく頷いた。

米軍によって国土を荒らされ、ロシアによって食い物にされているのがイラクに限らず、中東の紛争地の現状なのだ。サラーハはそれに一石を投じようとしていたのかもしれない。

朝倉は跪くと、強化プラスチック製の骨壺を石の下に出来た穴に丁寧に埋めた。

「立派な墓を立てるか」

ブレグマンがしんみりと言った。

「墓もいいが、サード・サラーハという男を忘れないことが、何より供養になるだろう」

朝倉は埋め戻した石に手を添え、首を垂れた。

この作品はフィクションで、実在する個人、団体等とは一切関係ありません。

『血の代償　オッドアイ』二〇二一年二月　中央公論新社

中公文庫

血《ち》の代償《だいしょう》

――オッドアイ

2023年 2 月25日　初版発行

著　者　渡《わた》辺《なべ》 裕《ひろ》之《ゆき》

発行者　安部 順一

発行所　中央公論新社

〒100-8152　東京都千代田区大手町 1-7-1

電話　販売 03-5299-1730　編集 03-5299-1890

URL https://www.chuko.co.jp/

DTP　ハンズ・ミケ

印　刷　大日本印刷

製　本　大日本印刷

Published by CHUOKORON-SHINSHA, INC.
Printed in Japan　ISBN978-4-12-207330-2 C1193

各書目の下段の数字はＩＳＢＮコードです。978－4－12が省略してあります。

中公文庫既刊より

わ-24-1
叛逆捜査 オッドアイ
渡辺裕之

捜一の刑事・朝倉は自衛官の首を切る猟奇殺人事件を捜査していた。古巣の自衛隊と米軍も絡み、国家間の隠蔽工作が事件を複雑にする。新時代の警察小説登場。

206177-4

わ-24-2
偽証 オッドアイ
渡辺裕之

サバイバル訓練中の死亡事故を調べるため、自衛隊特戦群出身の捜査官・朝倉は離島勤務から召還される。ミリタリー警察小説、第二弾。

206341-9

わ-24-3
斬死 オッドアイ
渡辺裕之

グアム米軍基地で続く海兵連続殺人事件。ＮＣＩＳから召還された朝倉は、異国で最凶の殺人鬼と対決する。自衛隊出身の捜査官「オッドアイ」が活躍するシリーズ第三弾。

206510-9

わ-24-4
死体島 オッドアイ
渡辺裕之

虫が島沖で発見された六つの死体。謎の孤島に単身潜入した元・自衛隊特殊部隊の警察官・朝倉に襲い掛かる影の正体は⁉「オッドアイ」シリーズ第四弾。

206684-7

わ-24-5
殺戮の罠 オッドアイ
渡辺裕之

次々と謎の死を遂げるかつての仲間。陸自最強メンバーがなぜ。自衛隊出身の警察官・朝倉が〝特別強行捜査班〟を結成し捜査にあたる。人気シリーズ第五弾。

206827-8

わ-24-6
砂塵の掟 オッドアイ
渡辺裕之

米軍居住地で発見された生首。捜査に向かう朝倉の前に日米地位協定という厚い壁が立ちはだかる。元自衛官の警察官が活躍する、人気シリーズ最大の問題作！

207024-0

わ-24-7
死の陰謀 オッドアイ
渡辺裕之

自衛隊・特戦群時代の親友、田村がスリランカで行方不明⁉ 同日に起きたテロと誘拐。二つの事件は偶然なのか、それとも——。人気シリーズ第七弾！

207186-5